海潮

孙明国 著

中国海洋大学出版社

· 青岛 ·

图书在版编目（CIP）数据

海潮 / 孙明国著. -- 青岛：中国海洋大学出版社，
2023. 10

ISBN 978-7-5670-3663-5

Ⅰ. ① 海… Ⅱ. ①孙… Ⅲ. ① 诗集—中国—当代
Ⅳ. ① I227

中国版本图书馆CIP数据核字（2023）第206002号

书　　名	海潮　HAICHAO
出版发行	中国海洋大学出版社
社　　址	青岛市香港东路23号　　邮政编码　266071
出 版 人	刘文菁
网　　址	http://pub.ouc.edu.cn
订购电话	0532-82032573（传真）
责任编辑	姜佳君　　　　电话　0532-85901040
印　　制	青岛中苑金融安全印刷有限公司
版　　次	2023年10月第1版
印　　次	2023年10月第1次印刷
成品尺寸	145 mm × 210 mm
印　　张	8. 375
字　　数	180千
印　　数	1—1 000
定　　价	68. 00元

发现印装质量问题，请致电0532-85662115，由印刷厂负责调换。

政协第九届山东省委员会常委，山东省文联原党组书记、副主席，山东省书法家协会顾问张家纬为笔者题词：诗和远方，梦在心间

祝愿战友孙明国海浪澎湃
爱和诗是我们共同的血液
真善美乃艺术永恒的生命
在前人不曾涉足的地方
我们须站在自己的肩上

桑恒昌 癸卯夏日

中国当代著名诗人、中国诗歌学会原副秘书长、原黄河诗报社社长兼主编桑恒昌为笔者题词

祝愿诗友孙明国诗意潇洒
诗是从心里疼出来
在心上生长的文字
没有肝胆人生
哪来血泪文章

桑恒昌 癸卯夏仲

序　言〰〰〰

　　孙明国同志军旅生涯 20 余年，从部队转业后常年工作在公安战线，看上去没有那么斯文，更没有那种孤傲的"怪病"，但他的确是一位受人尊敬的诗人。他的作品在部队、公安系统乃至全国都小有名气。本书是他的第一部诗集。我衷心祝贺本书出版。

　　孙明国同志身为中国诗歌学会会员、山东省作家协会会员，多年来辛勤耕耘，创作了大量优秀诗歌。作品散见《解放军报》《中国文艺家》《中国诗歌》《诗选刊》等 60 余种报刊及选本，曾获第五届中国山海诗歌大赛金奖、第一届"鲁迅文学杯"全国文化精英大赛特殊成就奖等 20 余个文学大赛奖项。这些成就，足见孙明国同志匠心执着，实属难能可贵。

　　用心灵对话诗语丛林，用真情实感写诗，是孙明国同志秉持的可贵的诗风。文如其人，孙明国同志的诗就像他的人品一样朴实无华，毫不矫揉造作，并且形成了自己独特的风格，其情感、节奏从容、有序,诗意和精神渗透在字里行间。

他曾是一名军人,转业后又成为一名人民警察。或许正是因为这样的职业经历,他的作品透露出一股阳刚之气,干净,利落,有气势,意境之美令人陶醉,诗意富含哲理,催人向上,充满正能量。用"缤纷诗韵""军旅激情""家国情怀""湛蓝心灵"评价这部诗集是恰当的,读后让人受益匪浅。

这部诗集极具画面感。沿诗人诗韵心迹读诗,仿佛走进美景画廊,意境深远。《海潮》:"一想起春天的瀑布 / 我便看见海滩逐风的少女了 / 一串动人的脚印 / 姗姗的方式 / 表达乡土深邃的气质 / 海的日子宽阔在潜望镜里 / 我是水兵 / 牵生命之线 / 以飘带的祝福 / 在和平衔接处 / 结网。"短短 11 行,写出了和平、安宁、幸福,写出了军人的使命、责任、担当,祖国美丽的万里海疆展现在眼前。《大海晨韵》:"日出漫过天际线最后一层薄雾时 / 伫立海中望眼欲穿的石老人仍在沉默 / 霞光尽染的东方之海 / 一幅巨幅画幕壮美千里……"作品读起来大气磅礴。

一篇好的作品,必须源于生活,又高于生活,将现实主义和浪漫主义相结合。不仅要有很强的艺术感染力,更重要的是要以深刻思想叩击心灵,以哲理给人启迪。在"缤纷四季"篇中,作品按春夏秋冬轨迹,以花草枯荣、春华秋实为主线,与人生理想、风雨中的步履相联系,给人以丰富联想。"山河壮美"篇、"物语哲意"篇,作品通过挖掘物景诗韵,探索世事寓意本真。

突出主旋律,讴歌时代精神、民族精神,用作品激励人、鼓舞人,是一个诗人应有的责任和担当。在"家国情怀"篇里,孙明国同志颂咏盛世中国。《国庆节》《厚重的土地》《路》等作品感人肺腑。

用一首诗讲一个故事,或者说把一个故事写成诗,这是诗人非常有特色的写法,让人耳目一新。《门墩上的老人》《新井》《流浪的喇叭》《磨刀人》《写生的人》等作品,仿佛在向你讲述一个个生动的故事,贴近生活,很接地气。

孙明国同志远离家乡已30多年,思念家乡、想念父母是人之常情。他的诗中流露出浓浓的思乡之情,特别是对父亲突然离世表达了深深的伤痛、愧疚和怀念,感人至深。

孙明国同志首先是位军旅诗人。"与湛蓝结缘 / 是浪漫心系的飘带 / 在风里浪里成长 / 读懂坚如磐石的军魂""难忘那条战斗航线 / 一群水下尖兵 / 踏浪'蓝鲸'岁月 / 以忠诚肝胆践行寸土不让誓言 / 眷恋那段灿烂历程 / 披星戴月喊出青春无悔 / 潜望镜里的祖国 / 是心中永恒祝福的海"……怀念部队生活,抒发捍卫海疆、青春无悔、激情浪漫的情怀;感恩部队培养磨炼,怀念同甘共苦的战友情。情真意切,军旅情怀洋溢在字里行间。他用"海潮"作为诗集书名,用意是深刻的。

诗海无涯。希望孙明国同志在今后的文学创作道路上锲而不舍,不断进取,创作出更多更好的作品贡献社会。诗和远方,梦在心间。

张家纬

2023 年 8 月

目 录 〜〜

1 蓝色军旅

海潮 / 003

海魂 / 004

忆军旅 / 005

海在心中 / 007

亲近一片海 / 008

眷恋的黄昏 / 009

一幅名画 / 010

求婚信物是一瓶海水 / 011

江山 / 012

怀揣湛蓝修行 / 014

爱之海 / 015

风雪日,巡逻在海上 / 016

站在黄昏堤岸 / 017

那片海 / 018

青春无悔 / 019

2 山河壮美

关于海的遐想 / 025

大海航行的视野 / 026

浓雾下的海滩 / 027

鲸落 / 029

浪花园 / 031

大海晨韵 / 033

赶潮人 / 034

在海边 / 035

朦胧视线里有一组清晰风景 / 036

被海潮渲染的黄昏 / 038

岩羊 / 039

红叶谷 / 042

峡谷印象 / 043

八大关之夜 / 045

山谷 / 047

旷野 / 048

山韵 / 049

隧道 / 051

冰瀑 / 052

3 缤纷四季

望春 / 057

赴约春天 / 058

站在二月的山野 / 059

惊蛰，走进灵动时空 / 061

萌动的春色 / 062

打开春天的梦境 / 063

写意春天 / 064

樱桃熟了 / 066

春雨 / 067

三月有寒霜 / 068

四月春讯 / 069

柳絮 / 070

春恋 2021/ 071

伏天第一场雨 / 072

走过芦苇塘 / 073

倾听浓烈的夏 / 075

盛夏的雨 / 077

邂逅荷塘 / 078

蝉韵 / 079

阅读秋色 / 080

秋风 / 082

秋雨 / 083

秋露 / 084

秋霜 / 085

秋声 / 086

初秋 / 088

仲秋 / 089

暮秋 / 090

秋渡 / 091

山谷枫叶红 / 092

黎明雁阵 / 093

大雁飞过晚秋 / 095

选一幅晚秋的封面 / 096

审视落叶不需要佩戴面具 / 098

晚秋雷雨 / 099

告别秋天 / 100

雪魂 / 101

突如其来一场雪 / 102

大雪有痕 / 104

冬蛰 / 105

初雪 / 106

热爱 / 108

沐浴黄昏雪 / 109

初冬白杨林 / 110

初冬芦苇 / 111

初冬晚霞 / 112

雪后 / 113

岁末一场雪 / 115

4 父母情深　　梦里故乡 / 119

露珠 / 121

母亲 / 122

苦菜 / 123

稻草人 / 125

石碾 / 126

麦香 / 127

山魂 / 128

感念母恩 / 129

四月,老宅种下的乡愁 / 131

秋殇 / 133

季节的疼痛 / 134

遗憾无法弥补 / 136

遥望黄昏雪野 / 137

雪后山村 / 138

梦里,奔跑在一片田野 / 140

冷峻的雪 / 141

雪,来自遥远思念 / 143

月光海岸 / 144

深沉的春色 / 146

一滴雨落在清明 / 147

思念炊烟 / 149

那条河流仍在秋天哭泣 / 150

雪中黄昏 / 151

腊月的炊烟 / 152

一个人的月亮海 / 153

金色永恒 / 156

老土屋 / 157

5 **难忘故乡**　故乡的魂 / 161

想一座山 / 162

乡音 / 163

青石老街 / 164

山里人 / 166

老井 / 168

新井 / 170

一滴雨的故乡 / 171

初秋山脊望故乡 / 173

门墩上的老人 / 174

播种 / 176

麦收时节 / 177

麦子熟了 / 178

故乡的麦浪 / 180

断流 / 181

又见村庄 / 182

初秋，走进故乡入口 / 184

故乡柿子红 / 185

落雪怀乡 / 187

6 **物语哲意**　花季 / 191

百合 / 192

杯子 / 193

野花 / 194

蝉 / 196

露珠恋 / 198

时光 / 199

灯塔 / 200

标本 / 201

浮萍 / 202

爬山虎 / 204

蜘蛛网 / 205

荻花 / 206

睡莲 / 207

芦花荡 / 208

木偶 / 209

落花与落叶 / 210

谎花 / 212

悬崖 / 213

飞蛾扑火 / 214

7 家国情怀　　国庆节 / 217

五月的风 / 218

路 / 220

端午感怀 / 221

以家国之名 / 222

厚重的土地 / 224

收获季节 / 226

通途 / 227

江河 / 229

8 人世百态

流浪的喇叭 / 233

磨刀人 / 234

写生的人 / 235

七夕 / 236

隐入尘烟 / 238

拾荒人 / 240

解析心海 / 241

散落的雁 / 243

闲置的根基 / 244

尘归尘 / 246

1

蓝色军旅

| 海潮

一想起春天的瀑布
我便看见海滩逐风的少女了

一串动人的脚印
姗姗的方式
表达乡土深邃的气质

海的日子宽阔在潜望镜里

我是水兵
牵生命之线
以飘带的祝福
在和平衔接处
结网

1992 年 5 月 6 日

海魂

无论身处何方
总能听见涛声
对于海的激情
我一直保持绽放姿态

与湛蓝结缘
是浪漫心系的飘带
在风里浪里成长
读懂坚如磐石的军魂

从大山背一路憨憨的稚嫩青涩
跨入水兵的摇篮
之后，海岸、航线、战舰、口令
在坚硬的信念里
郑重写下捍卫海疆的誓言

海魂的伟岸
挺立母亲历经沧桑磨难的脊梁

海的儿女

血液流淌忠诚肝胆与火焰

感怀蓝色之旅踏过的脚印

浪花与波涛

深蓝与心潮

梦之恋，海之魂

2020 年 6 月 8 日

｜忆军旅

忆军旅

以虔诚沉淀那段历程

把时光岁月装裱成精美画卷

每幅画的底蕴都是深蓝

忆军旅

以深情感悟那段心路

把海潮心语制作成主题诗集

每幅彩页都有惊涛波澜与战舰

忆军旅

感悟每寸国土沉甸甸的分量

有海无防的伤痛

沧桑历史上曾留下耻辱与悲壮

万里海疆承载祖国安危和尊严

忆军旅

感恩那片咸腥的海

严酷与温暖

风吹浪打不惧艰险

铿锵岁月铸就青春钢骨与肝胆

忆军旅

珍重那份自豪和荣耀

捍卫蓝色国门安宁

曾驾驭战舰巡逻在海防一线

浪花里嵌刻下的脚印宁静致远

2020 年 7 月 10 日

| 海在心中

月光抚落喧嚣
霓虹闪耀新一轮魅力
完美的都市
被星辰记载归档

伫立海岸
波涛万里翻滚奔涌
一千个问，为什么
总钟情于黄昏夜色眺望这片蓝蓝的海

曾浸染悲壮烟云
在海疆纵深腹地
有海无防的历史
仍在撞击伤痕与血泪

难忘那条战斗航线
一群水下尖兵
踏浪"蓝鲸"岁月

以忠诚肝胆践行寸土不让誓言

眷恋那段灿烂历程
披星戴月喊出青春无悔
潜望镜里的祖国
是心中永恒祝福的海

2021 年 12 月 1 日

亲近一片海

每次亲近海岸
总把心潮放逐浪花帆影
每次别离海潮
总把心海重逢的情结带走

怀恋那条驭舰踏浪的青春航线
陶醉浪花把蓝色之旅写成诗海
梦想羽翼领略豪犷豁达
感恩，狂涛骇浪如剑
总在多歧路口击毁迷茫轻浮与消沉

换乘的驿站坐落在滨海都市
新途阙章
相伴繁荣喧哗霓虹
风尘步履坦然于心静
铭记军旅之魂播种岁月光阴

2021 年 5 月 5 日

| 眷恋的黄昏

临岸，饮一杯辽阔
鸥鸣眷恋的橘红飘落在心海
不知疲倦抒发轩然大波的腔音
聚拢斑斓亢奋的基调

追寻那片航迹
常以梦境呓语唤醒的山与岛
仍以严苛冷峻
镌刻一串伟岸坐标的姓氏

一群赴汤蹈火的青春
以骨骼锋利撰写蓝色旅程
穿梭晨曦号令与绚丽霓虹的伟岸
海之魂,将安宁绽放的黄昏穿透

2020 年 10 月 25 日

一幅名画

凤凰岛就伫立在那里
任黄昏漫步栖落
独舟帆影、邮轮归程在夕阳下
一幅名画,诞生在万顷碧波之上

采撷意绪缤纷的诗韵
在这片蓝色原野
把自己站位成一名水手,站位成
一位漂泊千里明月牵手故乡的游子

相信漂流瓶里装满的心愿早已跨越海洋洲际
恰同学芳华,水下尖兵摇篮

刻骨铭心的一枚印章和第一粒纽扣

歌声里，在金色沙滩挥毫写下蓝色青春的名字

——海魂

2022 年 6 月 25 日

| 求婚信物是一瓶海水

远航归来

一位潜艇航海长的求婚仪式

一身洁白戎装

一个郑重军礼

一瓶苦涩海水

"硬核"表白原汁原味：

这瓶海水代表了我对祖国的忠诚

我现在用我对祖国的忠诚

见证我对你忠贞不渝的爱情

在执行任务的最远端

当跨越特殊意义的经纬度

从大洋秘境深处

取一瓶海水留作纪念

习惯如自然

抒怀信念和心志

为极致浪漫加冕铁骨与柔情

浪花礼赞

爱之恋，海之魂

诗与远方，都是瑰丽经典

2022 年 7 月 23 日

江山

新年钟声被繁荣霓虹相拥

海岸烟花隆重布阵

吉祥如意密集绽放

邮轮渡船停泊在深情母港

酣睡沉眠

张灯结彩披挂盛装

宁静绚丽
凝缩一个个深刻主题

驻足聆听
壮阔潮音自海天而来
奔腾呼啸
喊着如画江山的名字

波涛汹涌的怀抱
我看见一条不息航线
战舰劈波斩浪
一群海之骄子
正巡逻在祖国万里海疆

2022 年 1 月 27 日

怀揣湛蓝修行

不再逃匿
怀揣一片湛蓝修行
将真实打成行囊
逆境顺境书写一份真诚

从不伪饰
大海的灵魂
在风浪原野里没有虚伪谎言
包括黑夜岸岛闪烁
明示航线安危的灯塔之光

人在旅途
奔波多歧路
总有欲望能达和不达的脚步
劣根性虚妄伪装
伎俩末路将是一个深渊灾难结局

一块磨刀石安放于光阴河畔

聚力修行,真实
方能打磨出坚硬持久的利刃

2022 年 5 月 28 日

| 爱之海

泛爱之舟
异曲灯盏引路的旅人各有表白

海是我蓝色的故乡
常在海边走,秉性读海
翻阅海之魂

世间人生之语
粗犷柔情
爱之海,以朴素要义
诠释波涛汹涌、风平浪静

已浸透骨骼的心迹
把狭隘红尘宿命论荡涤在神力生机之外

一次次发现，明暗航路起伏奔走的脚印
破解暗礁陷阱危机之源
任性闭塞孤岛须与光明之路相连

2022 年 5 月 27 日

| 风雪日, 巡逻在海上

雪纷飞, 战舰巡弋

舰艏眺望
壮阔蔚蓝　相迎入怀
谛听落雪的声音
相伴海面波涛音符
空蒙从容
雪韵飘洒飞扬
如层层的涌层层的浪
绽放玉琼礼花

总想, 为什么
海, 潮涨潮落

辽阔风情浪漫海滩

胸怀坦荡接纳百川

还有一张冷峻无情的脸

是浪花美景与险滩暗礁剪不断碰撞

还是惊涛汹涌与风平浪静朝夕恩怨剪不断

绵延的海疆

母爱深沉

与滨海繁华霓虹相拥

心怀甲午伤感

厚载安泰

2019 年 12 月 16 日

| 站在黄昏堤岸

一场极寒之后

立于黄昏堤岸

迎夜曲悠长

唤醒和谐雕塑园的霓虹

此时与辽阔交谈

心潮臂挽海潮
知道脆落天色很快暗下去
我在寻找一片蓝色野性

薄雾深处弥漫深情
一串湿漉漉的笛鸣将怀恋穿透
猜想劈波斩浪的航线
是否有正在返航的战友

2021 年 1 月 9 日

那片海

三十年
梦乡心怀
根植一片湛蓝
黎明与黄昏穿梭战舰的影子

常思那扇蓝色国门
有海无防的年代
战栗的岁月

埋藏着屈辱和仇恨

一群水下尖兵
烈火忠勇淬炼钢铁脊骨
枕戈待旦
龙宫弄潮践行誓言

五洲风云波澜依旧
安宁海拔高过新世纪
永恒，一首铿锵旋律
铜墙铁壁，是万里青春雕塑

2021 年 7 月 12 日

| 青春无悔

对于青春，大海
是我追逐浪花和梦想的地方

咀嚼回首
淬炼心灵的轨迹

诺言与热爱

湛蓝之旅

早已装订成一本精美诗集

不言墨迹粗犷

坦然自诩一次

钟情海潮、吟咏海疆的诗人

以军旅的名义

像一次次重逢

眷恋怀旧

军徽金锚闪耀

无数次望海

一条条战斗航线

一次次战斗出航

军旗猎猎劈波斩浪

在无数青春捍卫的蓝色国土

用赤城谱写一首首海潮心曲

编织的所有音符

凝聚成同一个主题

——海魂

幸运履历

水下尖兵行列曾有并肩战斗的身影

白浪如练，舰阵如虹

"深海铁鲨"潜伏游猎

瞄准实战与强敌

苦练杀敌本领

耕耘与收获

跟随信念的种子把自己播种进深蓝

浪漫苦涩

任热血激情随波涛起伏

以忠诚铸就担当与坚韧

站立岁月肩头

与高山江河草原沙漠对话一种荣耀

蓝色军旅

青春无悔

人生步履早已嫁接海的灵魂

2022 年 3 月 8 日

2

山河壮美

关于海的遐想

关于海的遐想
从未被岁月、浪漫与咸腥苦涩情结淹没
过往踏浪读海
步所能及
止于海岸浅滩一望有际感知

以浓烈诗意领略一种高远
云和星辰日夜俯瞰辽阔碧蓝
波涛起伏，潮涌追逐，浪花舞蹈
以及风情万种之下
活跃的瑰宝精灵暗流玄机

丰腴梦境必有旅途身影
我在想一艘航船的魅力与生命
以傲岸耕犁航线之上
穿梭于浩瀚泛映的海洋洲际
怎样规避品行拙劣的恶浪狂风

2021 年 3 月 5 日

| 大海航行的视野

一声笛鸣
启动一艘邮轮
心翼飞翔
朝着遥远彼岸航渡

数不尽擦肩而过的岸物
视野消逝于城市背景的时界
我以娴熟墨迹
把准确经纬标注在蓝色海图

情怀栖落甲板之上
听到落日撒播星光倒影的声音
最后一波鸥鸣归巢
湛蓝心境开始渐入星辰起伏

前方是暮色海面
骇浪惊涛铺展无数惊叹画廊
穿越重重险境

听见老船长哲语独白

人在旅途

梦幻犁铧岁月

每一段经典航迹都在波澜深处

2021 年 9 月 15 日

| 浓雾下的海滩

风不停唠叨喧哗

好嗓门语无伦次

以傲慢站立在低沉的蓝之上

憋足劲的浪潮频频怒吼

浓雾像垂落天幕

任风不停摇晃臂膀

目光仍若隐若现

视野内闪现一叶木舟

像峡谷深处探险漂流

海滩人声鼎沸

与鸥鸣混迹雾中
冲浪激情
把迷蒙时空撕裂穿透
让刺激的神经玩透心跳

凭任性尽情幻想
在云雾下凡的世外桃源宣泄兴奋与疲惫
在浅滩与深海之间孤岛遇险
倾听一艘巨轮笛鸣沉闷与清脆
猜想与海南、迪拜、鹿特丹、热那亚的距离
想象明媚阴霾之间事物意象和表演诱惑力

浓雾看着浓雾的境界
丰富想象跨越极限边际与高度
清醒瞬间理智打开豁然
阳光之剑高悬云天
等待时机赐予炽烈绚丽和真相

2020 年 6 月 20 日

鲸落

一个浪漫的名字
以敬意赋予神奇
一曲留芳绝唱
演绎世间重生壮丽经典

眷恋与决然
听得懂悲伤与空灵心语
死亡痛楚来临一跃而起
告别谢幕
最后一次拥抱波澜星辰
落叶归根，坦然宁静

没有真正死亡
深情长眠
反哺大海养育之恩
躯干化作山河
肉体成为百草
饕餮盛宴

哺育一次幽深种族兴盛崛起
宽厚博爱
馈赠生态繁荣百年

以怎样的修辞镌刻诵咏碑文
遗憾悲壮凄美
温柔深沉瑰丽
生物绿洲和救世主
一鲸落，哺暗界众生
惊世绽放浩瀚花蕾
至臻修远
骸骨化作礁岩孤岛不问归期
喟叹涅槃华章
希望与轮回，生生不息

2022 年 3 月 1 日

｜浪花园

岸堤前的港湾
尽头望到堤岸的海
是神奇用春天种成的景园四季

海风
沉迷清晨黄昏
把美丽撒播在浪花园里
原野湛蓝的舞台
盛开浪漫与鲜花的群舞
潮起挽拥
潮涨潮落
以涛声敲击靓丽腰鼓

鸥鸣翔集
霞光相依
蔓莎薄雾轻来轻去，仿佛
花丛飘逸醇酒梅香
召唤梦境中赶海的游子

走近浪花园

放逐凝结的忧容心怀

拥抱碧海蓝天

荡涤狼藉与浮荣

遐想海市蜃楼源自何方

猜想海鸥夜晚宿巢何处

视野起伏在海天尽头

一叶游轮点缀心海

觅寻别样风情

放飞宁静心灵

不必迷茫于深邃

海阔安然的梦境

怎会惊现巨浪狂涌

岁月泛动的星海

会在孤岛驿站

抚平沧桑与激情

2020 年 3 月 5 日

大海晨韵

日出漫过天际线最后一层薄雾时
伫立海中望眼欲穿的石老人仍在沉默
霞光尽染的东方之海
一幅巨幅画幕壮美千里

告别都市夜色霓虹
苏醒后的晨韵满眼抒情赞美的章节
如同自己一路漫步滨海大道播种的心情

视野栖落在一首长诗里
倾听大海燃烧的激情
波涛潮汐是诗韵里沸腾的血液
湛蓝、海风、鸥鸣与孤岛
沐浴晨光酝酿更新盛夏辞海

时隐时现，载着黎明出港的渔船渐行渐远
在朝向太阳升起的航线颠簸成一粒遥远牵念
幸运找到一节明媚诗眼

手握鱼竿的中年人安坐在礁石上
已把喧哗光阴垂钓成宁静禅韵

2022 年 6 月 24 日

｜赶潮人

涛声抖落星辰
霓虹遁隐都市
火红朝阳从海平线冉冉升起
潮汐鸥鸣为晨韵醒来接风洗尘

赶潮人
怀揣一封至诚请柬
赴约湛蓝盛宴
对饮浩渺寥廓
检索海之恋辞海
采撷酝酿一日阳光诗韵

极目垂钓明媚风情
望帆舟踏浪

心翼放飞天涯

举浪花醉饮，于家国

吟咏海疆平安和宁

欲望人生跋山涉水，凡俗展望

宿归平常烟雨心境

向海靠近

弃郁结自负落寂忧怨卑怯于千里之外

不言命运漂泊

襟怀一片蓝色广袤田野

在繁华缝隙耕耘

绣织时光灵魂音符

以轻盈

叩启坦然步履与心扉

2021 年 11 月 5 日

| 在海边

在海边，举目四望

每一片浪花都是春天

浩瀚汹涌，波澜起伏
每一处经典都是万千江河

观沧海，以明媚领悟人世之海
迷茫惊悸惶恐在畅想中荡涤阴霾

鬼胎幽灵，以阴谋在阳光里栽种黑暗
总伺机谋杀春天与河流

海魂之魂，凝练一组刚性方言
敬畏大浪淘沙排山倒海

2022 年 4 月 17 日

｜朦胧视线里有一组清晰风景

堤坝尽头
眺望南端之南
多云轻雾浅暗
压不住
潮起潮落汹涌呼啸

朦胧视线里有一组清晰风景
要素具体
一艘弄潮帆舟跃然纸上
像无言壮行
一路检阅打鱼船队浩荡出征

栖居已久的滨海
我是刚从迷醉走出秋天的人
并非陌生相遇
每次临海触景
都是春秋盛世启迪

劲风起
阳光姗姗来迟笑意微露
忽闻理查德钢琴王子在陶醉
——《秋日的私语》

2021 年 11 月 26 日

| 被海潮渲染的黄昏

风静下来
辽阔时空时隐时现海潮天籁
行道树被霜降击落的绚丽
将滨海大道镀成一路斑斓金黄

凤凰岛托举灯塔开始闪耀
此时用心打开遥望门扉
经纬涟漪涌动千里
深情渲染黄昏思绪

一艘邮轮
鸣笛进港
老船长兴奋的手势
告示行将释怀沉甸甸的旅途心悸

不再草拟深沉主题
以潮声洗涤奔波疲惫
而不再纠结的心事

是汪洋之中暗礁和沉船的影子

2021 年 11 月 13 日

| 岩羊

——题记：岩羊，不畏艰险，超越极限，身怀绝技，逆势而上。

（一）
是天生秉性
还是向生进化的技艺

与森林无缘
以高原为生
挑选层层险崖做兄弟
端详你的长相
凶悍的模样不属于你
但你有洞穿邪恶的眼

噢，原来
豺、狼、豹、鹫、雕

都是你的死敌

（二）
知道你是攀岩高手
有一脚之棱
便凌空峭壁

阎王说
万丈悬崖
是给你立的墓碑
摇晃脑袋狂草
碑文写成摔死的惨叫

而你
飞崖走壁
如履平地
把深渊踩于脚下
把生存举过头顶
上跳
让阎王心脏骤停
下跳
让豺狼雪豹无奈怒嚎

与鹫雕拼命
也有绝招
抱紧敌人纵身跳下
同归于尽
鹫雕折翅，撞石伤死
你绝处逢生

（三）
没有灭族
不只有攀岩绝技

青草、枯草、枯枝
择食择水迁徙
为繁衍生息奔波辛劳
群居守卫家园
不畏冷风雪雨

也有恐惧绝望
诵经三"羊"开泰
贪婪的幕帐里
暗藏枪口和屠刀

2020 年 3 月 23 日

| 红叶谷

姓氏的气势
与秋语默契
把一条磅礴山谷照亮
争先恐后，翩翩彩云
嫁赐红袍锦绣

携家带口的风
裹挟南来北往乡音
吆喝笑声小调遐逸回荡
远近高低焦距表情调适
山峰怪石峭壁溪流瀑布切入镜头
背景底蕴明澈红透

一个阳光假日
寒冬来临前的畅游
满谷即兴旋律音符
痛彻释放幸福疲惫阴郁
枫红荡涤忧戚

掩埋枯黄凄草滋生的叹息
聆听心迹与山脊对话的声音

一季最后炽烈华章
羽翼之外是光芒与诗意
无法挽救秋的苍老
火炬光耀坚韧
昂首信步攀登奔跑
摒弃结痂伤痛遗留的沉重
驿站葱郁的梦境
凌越海空天涯期冀

2020 年 10 月 28 日

| 峡谷印象

——题记：峡谷，以自然神奇魅力，吟咏祖国山河壮美。

跋涉于仰天云道
流年风韵
镌刻沧桑脊骨

穿透深邃宽广的胸膛

纵情河流诵咏千古经典
清甜经久不息
鸟鸣空灵幽婉
攀岩露骨的老根
滋养层峦叠翠

弯成百道弯的险关
如川急更换仙境频道
振臂呼喊
余音
九曲婉转于心肺

看不够
一尊尊石头老儿
凌驾半空　端坐谷底
母子相依　白鹤亮翅
龙虎盘踞　袈裟佛身
猿猴飞檐走壁……
遐想时空洪流
风餐露宿的磐石雕像
是多少个千年鬼斧神工

肯定不曾有茶马古道

神奇之神奇

凌驾云梯之上

暗藏苍劲激流的源头

峰巅蓝天相拥

以瀑布飞落千尺的惊奇

丈量天宇豁然的高度

注：文中峡谷指潭溪山大峡谷，位于山东淄博境内。

2020 年 3 月 30 日

｜八大关之夜

黄昏劝不回坠落夕阳

夜色情不自禁暗下来

风持一路小跑的姿势

翻滚秋黄惊动八大关的沉静

朦胧灯光亮起

衔接失散的阳光与星辰朗月

晚秋清凉开始释放
都市霓虹情调开始蔓延

常把八大关看作一个濒海大庭院
万国建筑博览园的称谓
站立百年风云之上
献礼一部文明策划经典

一些事物在沉默
如归宿鸟鸣、层次有别的车辆和林荫湖
而奔放的旋律
与激情潮汐歌颂不眠之夜

时节情愫上演丰盛夜宴
酒吧、咖啡厅、音乐广场飘逸阑珊醉意
一身旗袍款款深情走台的女子们
如月神倩丽穿越热情的都市

海岸大型灯光秀激扬天空
想象和意志赋予大海心灵
追寻，耕耘辽阔与湛蓝
明珠胸怀主宰时代
以盛世的名义

注：八大关，青岛著名风景疗养区。

2020 年 11 月 16 日

｜山谷

是生命和岁月聚集的地方
剪影罗列布阵
四季分明的轨迹
无法绕过视野坦诚

空旷丰盈
是山脊坚硬永恒的守望
茂盛枯萎
演绎潜渡时令的神情与节奏

真实展露天地间
血肉骨骼内涵精髓
如庄稼羊群鸟鸣溪水
没有虚构的痕迹和谎言

事物皆有族类姓氏

包括石头花朵虫声草木

生长灵性的山水

相伴风霜雨雪绽放季岸生机

以山魂领悟一方净地

没有世俗功利逢场作戏

没有阴险红尘邪恶陷阱

而悲观厌世执迷不返故纵悬崖除外

2020 年 9 月 9 日

｜旷野

走进旷野

心地会生长野性

也生长柔情

与阳光下的影子对视

能准确触摸校对身躯与脚步的互动

吮吸缤纷气息

浓淡嗅觉能分辨茂盛枯瘦

如同气候干湿冷暖

感知春夏秋冬雨量是否充沛

感悟天地本源

总能找到一丝安然

比如草木的生命、活法与意义

闹市尘埃污染的喧嚣

被风裹挟会把耿直扭曲诱发心悸焦虑

以草木之心卸下重负翻越樊篱

采撷坦荡诗意煮酒

用生态自然淘洗空白虚无

空寂失落让山风白云鸟鸣带走

辽阔格调点睛胸怀

豁然抒写丰润流畅的圆舞曲

2022 年 7 月 14 日

| 山韵

一座山，握一把抒情刀

镌刻岁月神情

生机与荒芜

为千姿百态风韵点睛

田地树木流水石头崎岖山道

密布草长莺飞春华秋实经络

匠心，酝酿雕琢

玄妙组合，种植四季晶莹灵性

视野触觉感悟

对话层峦叠翠风霜雨雪繁茂凋零

体味临摹渴望与伤痛百景

以心灵与山韵共语

朴实无华的本性

领略山谷鸟鸣临风沐浴

陶冶山脊伟岸与生命脉迹襟怀

提炼山魂骨骼与血肉

2020 年 11 月 11 日

| 隧道

意念并非穿越宇宙
也非玄幻逆旅穿越万年千古
心弦之上的惊叹
黑暗与光明之间被雕凿成飞翔经典

独峰或群山,沧海或拥挤不堪的城
巍峨辽阔灵秀视野之外
崎岖绵延于有形无形阻隔关隘叠嶂
负重岁月环绕漫长与艰难

逾越,匍匐、直立、缓行、奔驰
度量价值和生命
与自然与命运搏击
把起点终点拉成不再弯曲的直线

感悟一阵疾风的语言
缝隙洞天的追逐
锈迹思想与迷茫天堑被征服

一种震撼灵魂的隐喻

是孵化时代繁荣经典之举
开辟时空隧道的梦想
以智慧信念浇注捷径坦途
历程取舍于决然果敢

2021 年 4 月 25 日

冰瀑

纵身一跃的激情
最终没抵挡住寒冷
激流，以另一种颜容
装扮山河壮丽雕塑

这种魅力表达
是对晶莹剔透的热爱
悬崖百丈冰的韵致
是柔情嫁接于风骨的坚韧

仍以陡峭惊艳袒露奇观
凝结沉淀年轮奔波旅程
初心不改的旁白——
生命富含绚美机遇
单调的脚步走不出多姿多彩

不会驻足太久
一直在默默追赶光阴
等待冰融玉消
重现激流澎湃

2021 年 1 月 25 日

3

缤纷四季

| 望春

又一批寒风翻过山脊
旷野历经无数次战栗惊魂后
被乳名大寒的汉子搀扶走出心悸的阴影

看见冷漠的阳光露出微笑
开始趋步倾泻暖意
等待第一声新春鞭炮
将冬眠连根拔起

听见舒缓的鸟鸣正从远方飞来
因雪花被冻僵的章节正在被删除
沉睡荒芜枯瘦之下的泥土
已邀约春雷
商定与枝头、种子举杯踏春的日期

2021 年 1 月 23 日

| 赴约春天

朝着岁月驿站
赴约春天

与春天赴约
备足冰寒酝酿的锐气
备足饱满厚实的种子
精选落叶、常青两种树苗

与春天赴约
用一颗清澈的心灵
把陈年旧事纠结心悸放下
以默契的脚印校对路标方向
丈量黎明与夕阳

与春天赴约
心怀辽阔悠远憧憬
沿鸟语花香墨迹
采撷枝繁花茂

描绘深情遐想

与春天赴约
领略一场倒春雪的怀旧与警示
把过往失败感伤收集成养料
用绿色火焰淬炼利刃
坚硬搏击风霜雪雨的韧性

与春天赴约
剪辑一幅凝练春韵的画廊
天工神奇之外
绽放沉淀内核
必有田野耕牛锄头和镰刀

2021 年 3 月 7 日

｜站在二月的山野

站在二月的山野
遍地春风奔走相告的声音
春来了

孱弱冰层下的泉水不再谦卑

渴望日渐丰满

正踏上清纯绵长的心路

鸟鸣穿过阳光

山谷天籁回荡

和煦音韵正唤醒冬眠荒凉

仰望残雪消融的山脊

心潮随蓝天白云高涨

生硬尖锐的寒意随云烟消散

心境舒然萌动微微新绿

遥望炊烟之上的期盼

以秋的期冀领悟布谷鸟催播吟唱

我在想年轮浪花与海

严寒霜雪之后

怎样把准土壤花朵受孕的时机

2021 年 2 月 5 日

| 惊蛰，走进灵动时空

是奇妙与巧合吗
白头翁归来第一次试唱
便唤醒了蛰眠已久的黎明

走进和煦明媚
灵动打开时令秘密

组团小飞虫聚形一场龙卷风
泛滥在阳光氤氲里伺机暴动
雏蜂围绕人的身影斗胆苦练翅膀
蚂蚁散军走出洞穴左右观望

阳和启蛰的修辞
本意生机回归
倾听精灵与种子淡定从容的心音
正衔接一声惊雷

意念鸟语花香将心锁打开

体感山脊田野城市乡村溪流江海
舒展所有脉迹经络
沐浴及时雨醉春风

2021 年 3 月 5 日

| 萌动的春色

雨水过后
春色微微掀起含羞盖头
眸光在徐风里清澈
情窦初开
腼腆静怡的方寸泛映轻盈心潮

蠢蠢欲动
大地肌肤之上
季岸旷野与百草
朦胧美沿着二月睁开眼睛
嫩绿心情和弦穿越风与鸟鸣

都在以爱打扮欲望时光

暧昧善良的泥香飘逸遐想

蓓蕾汲取根脉营养孵化绚丽
云朵在山谷河流中潜行
曼妙柳枝深情摇曳
呼唤桃花红梨花白的倒影

一种蓄势已久的个性呼之欲出
玉兰娇艳圣洁如出水芙蓉
敬重的灵魂抒情翘首花语
于花海入口，引领蜂飞蝶舞
讲述与春色共鸣梯次绽放的故事

2021 年 2 月 21 日

｜打开春天的梦境

走进三月
十里春风浮游云海
欣然打开最美最长的梦境

曾经冰冻的情结

被暖流融化释解

握一岸曼妙涌曳的柳枝

垂钓春水泛映繁花倒影流韵

将所有憧憬赋予江南美景遐想

心动的事物如期而至

蝴蝶蜜蜂迎候燕子归来

布谷唤醒播种的黎明

适宜放飞一只心灵风筝

心怀缱绻温润的光阴

摒弃冷漠消极

相拥虔诚与梦想爱意同行

2021 年 3 月 2 日

| 写意春天

春风春雨打开一枚枚封印

被冬季珍藏的萌发与疯长

以花事绿意动情
审视同一个主题

临摹写意春之卷
三月的霜雪应从温润热情中删除
挚爱不能虚构一场违心冷漠
反刍过往失意伤痛以理智沉淀于静夜

以浪漫的情调充盈心境
透过绚丽火焰
领略花海浮涌鸟语鸣翠蜂飞蝶舞
领略烂漫梦幻铺天盖地

适宜走进一片田野
让信念站成携春望秋的姿势
翻阅犁铧流韵的精粹
以虔诚播种岁月脚印

2021 年 3 月 20 日

┃樱桃熟了

樱桃熟了
村庄之上的山野绣满诱惑
初夏的盛情
复述去年浓烈风韵

采摘园叠加郊游兴致
琳琅笑语压低风声鸟鸣
暇逸感怀
被灿烂晶莹甜润笼罩

高跷木凳站立的农家女
频频对视竹篮与枝头
艳丽头巾被阵风掀起
淡然微笑,泛映一树珍珠红晕

追随者以舞姿陶醉时空
燕子穿梭灵动
携带明媚暗语

矫健掠过满园喜悦

2021 年 5 月 1 日

| 春雨

透过缠绵

三月的风

细数着旷野萌动的讯息

细密雨帘

倾情润泽丰腴春色的孕期

没有刻意修饰渲染时光

雨意在静怡中吟咏

密语玄机

已被远方大雁破译

大地的根系开始悄悄抬起嫩绿的手臂

素颜本真开始握春风写意土地

杨柳在陶醉

已掏出骨骼内被冰霜强加的生硬

柔纤的手指正深情润色

等待柳花绣织青青荡漾的笛音

2021 年 2 月 8 日

| 三月有寒霜

品读被三月打开的诗韵

桃红柳绿的视野与激情

泛滥娇艳绽放的江南

别于红胜火的山水

乍暖还寒的北方

倔强生硬时隐时现

仍有稚嫩绿意负重春霜的影子

倒春寒的隐喻

点缀于光阴荏苒欲望浓烈的缝隙

一缕阵痛

一次警示

怀想羁旅崎岖与坦途

梦幻与冷暖

如庄稼播种收割历程

心悸旦夕遭遇残忍狂风暴雨

2021 年 3 月 8 日

| 四月春讯

春风鸟鸣都在灵动

一支支斑斓抒情的笔娴熟精湛

浓烈素雅挥毫

水墨油彩异曲千秋同归

临摹绚丽时空五彩

从枯寒荒芜冷落的情绪里走出

都在竭力找回生机本真

不变的律动编程

杨柳勤勉，曼舞意兴正浓

一袭长发飘逸荡漾引领山水青绿

花海盛宴此起彼伏

梦幻愿景陪伴一路琳琅笑语

春光深处是葱郁
为春讯作证
清澈脉络被布谷歌声唤醒
汗水承载厚重期冀
朴实虔诚的人
开始耕犁田野、浪花与海

2022 年 4 月 6 日

| 柳絮

四月,把春色带进浓烈的讯息
河水流动的光影里
花簇绿茵鸟鸣与踏春音容
抚清风泛映涟漪绚丽

有一种风景正为圣洁绽放
水畔柳丛,飞絮飘逸
如春天第二场雪事

讲述时节暗恋的秘密

触景生情的章节
如一张岁月宣纸
铺开青涩、纯真与明媚
一曲《乡恋》穿越时空相逢温婉
激荡久远思绪

2021 年 3 月 23 日

春恋 2021

探春,踏春,变换一身清新自我的行头
走向渴望编织的旷野

沿河畔的垂柳十里素颜娇柔
满头秀发梳理成飘逸绿风
桃花园鸟鸣羞红清脆悠远
枝头浮涌闪动神韵娇美的舞姿

野游流淌琳琅愉悦

拍一段得意抖音

瞬间云讯千里

临摹清纯《乡恋》

竟唱成一曲滑稽青涩山歌的模样……

久违的明亮

漫长阴霾笼罩的阴郁已被惊蛰雷电击中

满怀春意憧憬

坚守执念紧握泰然与虔诚

持一份自信与春色对饮，畅想

把春夏秋冬经营为杰作经典

2021 年 3 月 21 日

伏天第一场雨

一场急雨

浇透大地滚烫肌肤

闷热的心情开始沉静

活跃起来

干渴已久的精灵
声情并茂
被洗过的蝉声鸟鸣蛙鼓青翠明亮

一群三缄其口的蜗牛喊出誓言
气势扬帆远渡三千里
潜藏黑暗走出沉默的蚯蚓
缓步跋涉寻找下一个栖居驿站

沐浴凉意
昨夜被热浪热醒的人
淤积的怨声焦灼
在流淌的水声里搁浅

2021 年 6 月 17 日

走过芦苇塘

盛夏，芦苇又长高了
风，吹着赞美的调子
苍翠波涌襟怀蛙鼓起伏

几只野鸭的鸣叫
动情拨开层层涟漪

茂盛集结的时空
常思万千事物的活法
本能的习性
钟情成片芦花洁白如雪
期冀绽放动人四季如秋

是漂浮于此情此景的印记
芦花没有常开的四季
正如只在春天盛开与凋零
阳光风雨于自然
邂逅的桃花杏花

莅临寒冬惨淡景观的慨叹
萌生的是对岁月的渴望
静心沉淀凝练
枯萎与冰冻
是孕育崭新生命根基的食粮

2020 年 6 月 5 日

| 倾听浓烈的夏

（一）鸟鸣

候鸟飞抵北方
初夏的风开始补键调音
鸟鸣全聚盛宴缤纷登场
最出彩的是农谚鸟语

各有各的道
从黎明到黄昏
似按时辰分工
独奏、合奏交替鸣奏
猫头鹰、夜莺唱反调
夜夜更夫

（二）蝉鸣

穿越冬春隧道
趁夜色悄然出宫
蝉鸣一声骤起
盛夏便高举烈酒杯盏

重返故园
寻声而望
此起彼伏若明若暗
掠过村庄田野
披风饮露纵情歌唱
喝彩青绿繁茂山水

（三）虫鸣
百虫，最活跃的月华星辰族群
安居坦然一隅
鸣追凉意
听夜风梳理庄稼野草
用演唱会庆贺阡陌拔节疯长
悠然自乐
与世无争

人呢？奔波浮尘
总想让炎夏强烈疲惫
被夜色吞噬于宁静
欲静不静
闻听窗外蟋蟀面壁诵经
便清心入梦

2020 年 5 月 26 日

| 盛夏的雨

盛夏的雨
随伏暑蜂拥无忌
轻柔、暴烈
裁剪一季色彩情逸

雨赋予乐感时空
随枝头、草尖、花瓣、庄稼颤动
赶路人行色匆忙
体感风神用灵巧手臂
临摹添加风雨飘摇的背景

连阴雨的意念
能蛊惑人在旅途的心境
盛夏浓烈如燃烧激情岁月
雾雨霁散有晴空彩虹
视野与触觉跳出沼泽深渊沉淀精髓
方现淡定从容神情

2020 年 7 月 20 日

| 邂逅荷塘

乘一缕夏之清凉
傍晚邂逅荷塘

擎举满眼朦胧闭羞睡莲
一池蛙鸣迎候在领地入口

塘岸伫望
几只淘气蜻蜓仍然不眠
动情微涟
为皎洁月影频频点赞

惊吓于沉重莽撞的脚步
一只护卫荷塘的无言青蛙
怀抱一粒蝉鸣跃入水中
而微风携月色淡定如初

醉意未尽
撞击纠缠与明与暗的心境

荡涤积淀已久的浮尘与疲惫
转身看见
一双沉默而清澈的眼睛
——是朱自清先生

2020 年 6 月 1 日

蝉韵

伏暑，蝉鸣格外嘹亮
源于热浪激情的灵感
闻风起舞
树冠与丛林和弦波浪起伏

以豪情激扬辽阔境界
浸染心扉
晨，听者明亮清澈一日宁神清凉
夜，天籁撼动芳香浓郁的原野

鼓腹歌唱邀露对饮
一半沉醉，一半倾诉

黑暗孕育征程深厚与极限心藏一盏明灯
夏之夜破土分娩啼鸣漫漫人生路

纵情枝头无奢求妄欲
深知岁月短暂
为生命喝彩昼夜不息
用灵魂呐喊死亡与重生

应该为之咏叹
蛰伏修炼浮沉闪烁一部隐喻经典
一鸣惊人或终见天日的渴望
是世间凡尘羁旅永恒不变的追逐与高度

2020 年 8 月 1 日

阅读秋色

阅读秋的色彩
视野立于原野领悟深意

浓重的温度和火焰
最精练的还是金色与秋红

艳丽受孕拔节生长的虔诚
阳光与风雨不言慈悲和钟情

丰实的语录是汗滴轮回
善良的期冀情同手足
季节河滋润骨骼流淌忙碌的乡音
躬耕不辍绵延脉搏不息与生动

最易激荡的情怀波澜是深秋
聆听山峦田野神情韵律
众多生命的谢幕与凋零
以时空告别接纳冬之梦境久别重逢

不必把落叶翻飞咏叹为浪迹凄凉
闯南走北的羁旅风景是储藏与播种
大雁南飞北归欣然展翅于怀恋和梦想
萤火虫紧随蝉鸣销声匿迹并不含悲伤诗意

秋的语言富含哲学心语
总要热爱一片或生或熟的土地
心若常怀绿意与芬芳
方向便随脚步寻觅四季缤纷、天空蔚蓝与海

2020 年 7 月 3 日

秋风

握一把剪刀
穿梭峰脊河流原野
为光阴斑斓底蕴
裁剪修辞

草木知秋
枯黄飘零叠加一次盛大更替
归隐飞翔
编辑一册秘籍风语

风铃摇曳
相约奔走蔚蓝的云朵
不负净渡使命
携寒凉月影将山水青葱狂热喊瘦

捕捉平凡敏锐
脱胎换骨的时令，秋风凉
将以锋利升级北风呼啸，逢迎

追赶春风的冰雪季

2021 年 10 月 1 日

| 秋雨

总有一种感悟对比
事物,包含季节情愫

自处暑将荣枯界碑竖起
丛林鸟鸣随落叶纷飞日渐清瘦
秋意寒披挂清澈与黯然意景
一直在奔走

秋雨,淅沥委婉与零星狂暴
以暗语将茂盛失落心事穿透
蝉、虫和声热情已显倦意
徘徊朝夕,准备择机隐退

与秋阳搭档
仍是秋实不可或缺的岁月精华

向饱满归仓最后冲刺的庄稼
之后,秋播秋种渴望的时机

隐喻已开启染霜步调
凝露拥抱夜晚清晨倍加珍爱
目睹荒芜与五彩别离
心空韵律被划伤者开始守望寂寞孤独

秋雨秋风执手承载一季圆满秉性
置身其中也为秋风秋雨
神怡清爽坐怀天高蔚蓝
淘洗沉淀潮湿泥泞干渴崎岖红尘
用清醒破解纠结疼痛与坚硬

2020 年 8 月 27 日

秋露

季岸时光在交替中延续
脚步岁月
轻盈与沉重

以冷暖称出分量

常思炊烟与海
人在旅途
一枚不熄灯盏
一路牵念摇曳

秋深露水重
夜深月寒凉
总看到梦塔深情的目光
那是父亲母亲用叮咛凝望远方

2021 年 12 月 5 日

｜秋霜

披风黑夜疾走
棱角分明
在秋的最深处
将钻心疼痛，以晶莹
撒在枯瘦颤抖挣扎的伤口

肃杀本性

在寂寒中裸露

行道田野枝头百草

飘零垂落弯腰低头

以浓墨画一道季韵休止符

白色锋利凝滞青葱阕章

撤离与摆渡

以决然割舍了断情缘纠缠愁绪

以温婉浸染梯度心地寂寒帷幕

以坦然从容奔赴风骨梅岭冰雪季

2021 年 10 月 2 日

秋声

秋雨，润物有声

落叶闻风旋落

知秋冷遇已至

秋意渐浓，蝉鸣

旷野引领百虫合唱的激情
披夜色清凉已感身心疲惫

阳光一再淡化对夏日酷暑的厌恶
收获后的田野提醒望秋赶路人
奔波的朝夕露水渐重

雁叫声声敲击暮秋暗号
家园迁徙是向生定律
南飞北归一路哀鸣的诗意
蕴藏触动脆弱乡愁的习性

秋高气爽拒绝悲叹消沉
一片山脊随寒霜荒芜
浓郁芬芳彩蝶妩媚从视野淡出
而根的生命以深情孕育昼夜不息

2020 年 8 月 8 日

初秋

日历翻转
目光辐射的风景已是秋天
脉象容颜留存夏的影子
秋老虎伺机兜售火焰山的情绪
仍有盛情难舍接二连三的绵绵雨事

山水诗韵葱郁绚丽
而韵意青涩不再
指尖划过时光隧道
一些修行稳健如初
比如正孕育饱满成熟的五谷生灵
一些修行闻风而止
鲜活灵动莫过蝉蜕不啾

触感立竿见影
"一场秋雨一场寒"
清凉浸染晨夕月夜
秋风开始渲染落叶的声音

稀零青黄徘徊枝头
喊出沧桑离愁风暴预警
正唤醒亵渎光阴的昏昏欲睡

2022 年 8 月 22 日

| 仲秋

河流不改向往的方向
脚下的风浸染秋凉沁心怡然
落叶婆娑的音符
开始加载缕缕冷寂的分量

除被割倒归仓的庄稼
沐浴秋阳的花草树木倍加珍惜有限时光
仍有新芽在努力拔节
向上激情不遗余力展露生机

夜露仰望星空寄托浓重深情
晨露穿透朝阳献出厚重晶莹
旷野虫唱渐吟渐疏着手准备归隐行囊

菊蕾绽放正赶往深秋

漂泊的人，脚步踩痛徘徊
魂牵善感梦境，一枚灯盏
频频闪动中秋月影
望穿乡愁，以决然点亮归期

2020 年 9 月 26 日

| 暮秋

露水的心事越来越重
夜里抱着皱纹粗糙的末路荒草
悄悄流泪

耐性骤减
宠幸山野绿意波涌的风
脚步凌乱开始借冷月弹拨竖琴

听觉昭示一次生存旅程即将谢幕
大雁南飞哀鸣余音滴落千里

夜色虫鸣日渐低沉眷恋不舍陆续归隐蛰伏

脆弱的人开始惧怕尖锐霜雨
落叶纷纷飘零于空旷
枯寂伤感击毁没有根系的欲望和热爱

这个时节祈祷没有意义
时空倒影充满无情和美丽
季节轮回不会沉默
包括大雪纷飞萧寂遍野的冬季

2020 年 7 月 11 日

｜秋渡

已是霜后末秋
朗读一片原野
空旷山谷飞扬飘零的落叶群
在匆匆告别曾热情明媚的温度

有形无影的异动

都在搬运秋天

终究留不住红胜火的背影

隐藏不住的伤痛

是与土地再一次别离的生命

季岸，北方的田野

正萌发别样热情

麦苗，正在洗涤夏与秋的痕迹

迎接冬季的步履开始颂扬冰雪魅力

已听到秋遗留的回音

那是酝酿春天的撞击声

2020 年 10 月 12 日

｜山谷枫叶红

轻霜牵手初寒

握一把多情羽扇

山谷枫林点燃的光阴

映红深秋的脸

半山红透

闪烁季岸最浓重的色彩

雁鸣为红颜动容

见证一段曲折凝练的里程

岁月燃烧激情

为恭迎冰雪磨砺加冕一次成人礼

火焰闪耀的修辞镌刻着朴素

锦簇烈红敬一杯虚怀若谷

怎样惊醒倦怠浮躁的灵魂

站在欲望阶梯之下

沉淀明澈心路

感悟陡峭之旅踏实人生脚印

2020 年 10 月 7 日

| 黎明雁阵

黎明初绽

梦境压不住急促叩窗的雨滴声

来不及回味梦中奇遇
忽闻雁阵之音正穿越星辰天际

倏然触感秋词沉重
携风雨同舟
一串雁鸣如利刃
刺破昼夜罅隙冷暖骤变的幕帷

不惧万里之遥
告别菊香正酣的北方
没有谎言的诗意
是奔赴南方之南的心志

知道秋雨之后将打开坏天气
浩荡雁阵泄露的天机
不再眷恋世间冷酷荒芜的光阴
抉择归宿之旅，义无反顾

2021 年 10 月 16 日

| 大雁飞过晚秋

已寒意凛冽
临界初冬的风
在秋雨之后把隆重的告别仪式
交给寒霜浸染的落叶金黄

又一雁阵划破空旷宁静
雁鸣航迹填补晚秋留白
背影,渐行渐远
惊动云海羊群白马良久伫望

原野,流淌满眼枯颜清瘦
稀朗虫音如零星孤寂落宠的木鱼
树木山脊于阳光下收拾往事
把雁过留声荒芜飘零寄寓完美之秋

山河身躯与深沉根脉同在
家园故土,不离不弃
候鸟迁徙富含向生哲理

别离心痛演绎人间善良深情感悟

季风总擎举赞美岁月的风铃
沿归途,寒冬即将返回出走的原籍
干燥、浮尘与荒芜
期待玉琼雪花绽放如期

2020 年 8 月 30 日

┃选一幅晚秋的封面

打开时空视野
为晚秋精选一幅庄重的封面

充满剔透绚丽
以盛景绽放一段凝缩神奇又引人深思的里程
柿子红枫叶红点缀山脊萧瑟背景
一条小河荡流不息穿越嶙峋石头与荒芜

山脚镶嵌一座古村
清晨炊烟曼妙萦绕一轮朝阳

牧羊犬跟随牧羊人赶着山羊群走向山岗
让人心怀乡情与乡音

远景是被群山环抱的田野
绿油油的麦苗
让我常思土地庄稼勤劳与希望
然后写出乡土四季饱满朴实的诗行

白杨林正在蜕变油彩
眉宇散落满地秋黄
一条路关联村庄与远方
让人浮想乡愁与雁阵

喟叹，都是中年怀旧的心境
总离不开故乡

2020 年 10 月 17 日

| 审视落叶不需要佩戴面具

林荫树下铺一层金黄
脚印踏着微风寂静清凉
闻听一串天籁旋音

这是一幅深秋画廊
搭配阳光和月色想象
浪漫或忧伤情调深藏怀想的秘密

归根大地拥抱一脉清澈执念
秋风秋雨秋霜
以落叶缤纷发表别离告白

需以怎样的角度审视貌似无情的秋寒
领略萌发葱郁到飘零的路径
应有赞美之言和人生感喟

审视不需要佩戴有色或无色面具
落叶蝶飞昭示生命博弈

是以火焰迎候寒冬与春天的誓词

都是爱与爱的传承接力
包括庚子春留下的疼痛痕迹
期待冬的无瑕洁白沉淀倾诉

2020 年 10 月 5 日

| 晚秋雷雨

半天阴云密布
乱了阵脚的风
击碎树冠挺立的斑驳沉静
狂舞的落叶万状惊恐

仿佛诡异的事件突发午后
一阵雷神吼叫
短暂急雨倾泻成尖锐斜风
荒芜之际恍悟竟有汹涌的晚秋

是及时雨还是冷箭渡秋

是冰冻考验之前圆满的邂逅

风雨双刃交锋温情与憧憬
以震撼集结惊醒
唤起生命浓烈记忆
洗礼夏秋风尘迎接凛冽寒冬

2020 年 10 月 16 日

| 告别秋天

已听到雁群大举南迁的声音
已听到枝头簌簌落叶的声音
已听到旷野寒霜降临的声音

一场声势浩大的告别
感叹生命五彩底蕴
即将用尽秋的时光

芦花盛开送行缠绵
瞭望虫鸣匆匆蛰眠的脚步

寄语萧瑟秋风温存的眷恋

种子仍在回忆奔波的轨迹
期待踏启一季雪花旅程
酝酿春天挺拔绽放的梦境

2020 年 10 月 4 日

｜雪魂

雪花飘落时
梦在冬季
寻常的墨迹思想

等一场雪来
以邀约的心境
看一场雪景
用珍贵领悟时空情愫

蛰眠富含归宿理性
裸露的山径与枯寂曾无家可归

皑皑白雪覆盖
沧桑坎坷过往的心事被圣洁抚平

以敬仰阅读雪魂
玉树枝头簇拥清澈瑰丽
陶醉,回荡山谷的鸟鸣
飘逸,晶莹剔透的灵性

能听到最深寒冷萌发的激情
春暖花开的呓语
蕴藏种子爆裂的声音

2020 年 12 月 1 日

突如其来一场雪

季岸驿站
交替换乘仪式
是一顿匆匆简约午宴

嫁接愿景的情愫
抒怀迎送期冀

秋，留恋之意难以割舍
冬，虔诚表白担当决然

送别相邀重逢
珍藏的信物
一个时辰揭开精湛谜底
狂风寒潮骤起
突如其来一场雪
醉倒徘徊张望的秋天

惊叹一次果敢取舍
不再倾听银杏柳枝残叶挣扎的声音
不再倾诉荒芜叹息与呻吟
背负光阴承诺竞走
欣然打开冰雪之约命题

多像慷慨晶莹礼赞
玉琼羽翼飞舞
为盛大蛰眠之旅喝彩揭幕
擎举一路圣洁花蕾
春天信使
瞬间奔走山河万里

2021 年 11 月 12 日

| 大雪有痕

大雪后的清晨
遥望苍茫雪野
用心境凝视一片山脊
寻觅岁月蹚过的脚印

满是洁白怒放的底蕴
盘旋交错的山径被晶莹隐匿虚实
寒风凛冽的内容
山谷鸟鸣穿越空旷梳理感怀

眷恋阳光的温度彰显低调
耀眼光芒以尖锐将视线穿透
不言驰骋辽阔的伟岸时空
用奔波跋涉镌刻年轮踪迹

已不见枯草凄寂枫红飘零的流浪
重温攀爬生长的章节
从春到秋绽放五彩的旋律

以沉淀精髓释解本来面目

时光记忆痴情迹脉
汗水浇灌沧桑愉悦疼痛履程
领悟种子爆裂的声音吟咏生命火焰
坚硬骨骼擎举圣洁神韵

2021 年 12 月 27 日

｜冬蛰

活跃在花开花谢繁茂枯萎间的生灵
包活山脊河流根系
季节的子孙
传承大地温情与血脉

最后一波南归雁的啼鸣
掀起年度群徙潜藏蛰伏波澜
雪花飘洒之夜
闻听冻土深处鼾声迭起

沉淀酝酿等待的语言

树木荒草以根的情意蛰居山野

枯荷打坐淤泥

百虫隐居洞穴

修炼,超越静寂沉默的坚韧和耐性

富含自然哲学交融命题

浪花潜隐冰层下积蓄力量

怀揣生命经典研读

梦想与锐气

朝着春天的方向

2020 年 11 月 2 日

初雪

一阵阴暗从风中走过

云絮羽翼开始抒发灵气

洁白的语言

如启幕喜迎盛事

颇具嫩雅清纯
飞舞朦胧与感动
相约高山旷野河流
飘洒浪漫诗情与绚丽

心怀热烈质朴
一抹柔情,抚慰
芦花色衰枝头苍老残叶飘零的伤痛
枯草擎举梨花告别卑微孤独

晶莹绽放北国激情
盛开季节誓言
以韧性滋润根系
拥抱春天的梦境

2020 年 11 月 22 日

| 热爱

初雪越过秋黄枫红
奔放的冬季
在大地睫毛上闪烁
丛林原野问候原汁凛冽呼啸
山脊河流松柏石头
领地宽阔被镂空的鸟鸣
与雪花纯情晶莹目光交融
组合一季干练旅程

北国独域风情
秋色生机被萧条淹没
沉默之外，仍具别样饱满襟怀

需要填补一些贵重的词
行走年轮终点燃烧不息的血液
暗淡明媚间的决断
热爱，冰冻与蛰伏
一曲清澈分明果敢的韵律

2020 年 10 月 25 日

沐浴黄昏雪

风，冷酷而尖利
岁末黄昏沐浴一场雪
鹊鸣归巢后的宁静
一幅神奇画卷

痴情雪花漫卷穿梭
幽暗路灯飘落朦胧沉寂
忠诚犬吠，像看家护院誓言
守望日子的炊烟
正侧耳倾听踏雪归来的足音

久别的人思绪被怀恋浸透
少年时光被一串乳名唤醒

沿石街山径
修复村庄到山脊的记忆
鸡鸣报晓，羊群奔跑
一排红嘴雪人憨颜惊动欢声笑语

梦境年轮日渐疯长
相逢渐稀的乡音
仍被落雪黄昏深情等候

2021 年 2 月 16 日

初冬白杨林

树叶落尽
瘦寂的内容充盈枯燥风声
失去葱郁之魂
稀疏寒凉鸟鸣
日显孤单空旷

个人之见
这样的景观其实很好
身临其境
踏行一片落叶海
脚步惊起沙沙起伏潮音，此时
最易找到蹉跎茂盛青春的裂痕

也能找出时光精炼的风景

有傲视冰雪的参天风骨

还有不离不弃守望家园的鹊巢阵

炊烟升起来

那间隐居林间小河畔的小木屋

让人浮想怎样种好一棵树和一片林

2022 年 11 月 1 日

┃初冬芦苇

小雪未雪

挡不住沿陡峭坠落的温度

一层薄冰覆盖河流浪花激情

枯草低垂头颅昭示季岸残败荒芜

临水而居，芦苇

仍呈浩荡风景

白色火焰坚韧绽放

涟漪温情

向寒寂原野敬献一片圣洁玫瑰

稀有花季

冷艳光华随冬风摇曳

不再追忆秋的死亡

回眸相遇

曾与无数生命休戚与共同一星空

走过春夏秋的田野和爱情

淬炼磨砺风雨之后

接力孕育憧憬

在年轮尽头收获丰实喜悦

2021 年 12 月 3 日

初冬晚霞

一直没有变

初雪之后第一次表白

仍是烈不可灭的火焰

像仙女撒下灿烂帷幔

像浓彩涂鸦一幅浩渺画卷

崇山丛林草原沙漠江河

尽染万里红晕

夕阳醉美向晚
霞光倒影潋滟西海
斑斓浮想沐浴于天际
经典会意
是漂泊的心灵与旅途

光芒闪耀之后将是黑夜
梦境乡愁
故乡门前正凝神伫望
大海深处一叶孤舟
沙漠黄昏跋涉的驼铃孤影
归途，行囊里程已踏进冰雪季

2021 年 11 月 11 日

┃雪后

苍鹰在银装素裹领地盘旋
旷野背景淹没了枯寂荒芜

风在丛林枝头吟咏
振臂摇曳的语言
绽放层叠玉琼礼花

逆向思维对视碰撞
冰寒情结激烈暴动

畏惧严寒萧条与黑夜的人
瞻前,战栗却步残雪消融后的旧景
流星幻影将忐忑缺血缺钙的梦魇拉长
温室空寞寂寥的欲望
移情不经风霜雨雪撞击的孤岛

擅长耕耘四季的人
以雪韵淘洗心路杂尘
葱茏繁茂的梦境穿越星辰田野
已听见布谷呼唤萌发盛开拔节的声音

2020 年 10 月 29 日

岁末一场雪

光阴,只差三天行程
新年钟声正悄然传递
喜从天降
大江南北飞舞圣洁羽翼

如释放陈酿已久的秘密
一场认真赴约的雪
浓烈神韵
淡定而从容

祥瑞飘落岁月向往
干渴荒芜坎坷歧路浮尘与疤痕
被荡涤淹没
沉寂喧哗点燃跨越激情

应视作一场换乘礼仪
隐喻期冀撰写新的篇章
交集于时光和感叹
用畅然心灵嫁接萌发于春天的情愫

2020 年 12 月 29 日

4

父母情深

梦里故乡

又听到一声声清澈的回音
那是一个少年
站在茂盛山谷对着大山呼喊

故乡活跃在年轮递增的梦里
数不清的影子遥望炊烟升起
蝉声鸟鸣鸡叫犬吠与乡音同样亲切
跟随阳光穿越山脊倾泻的风
一片花海、绿浪翻涌
梦呓笑容是村庄的动情与美丽

思念浓烈朝夕
声声乳名
叮咛与训斥播下襟怀厚爱在心底扎根
静听父亲披星戴月的脚步声
健步到蹒跚清晰与疲惫日渐分明
以敬仰倾听老石磨默默自语
那是诉说母亲一生柔弱倔强的身影

终于明白体内流淌的始终是大山血脉

如同那股养育祖祖辈辈崖壁荡流的不息泉水

快乐年华在懵懂的问里长大

月亮为什么能挂在天上

一眼清泉为什么镶嵌山顶绝壁

崎岖山道攀爬山岗劳作收获的记忆与触动

感悟母亲在鞋底鞋帮密植针脚

把扶摇心愿纳成畅通四方的迢迢履途

安家的城市繁殖楼宇拥堵与喧哗

霓虹浪漫财富体面总想追逐一席之地

梦想虚实以成败演绎辩证思维

阳光冷暖繁华沉寂从不怜悯卑微懦弱

风雨兼程精彩留白不相信疲惫和眼泪

路遥径捷平坦坎坷平庸非凡皆人生博弈本意

总在梦境深处回望故乡寻找一方坦然宁静

此时我站在疯长月亮星星的老石街

似曾相识目光疑惑惊奇如搭讪一位过路人

不言背井离乡得志与失意的久别

不言是否衣锦还乡能否落叶归根

脚步聆听童年少年疯跑

深爱依然从容如初
迎候的那棵老槐一直在守望
裸露沧桑与深厚泥土不离不弃的根系
让游子走不出乡愁与怀想

2020 年 7 月 30 日

露珠

蹚过那条记忆山道
一路晶莹剔透的露珠
打湿了童年一串串脚步
那些跟着风的石头
在娘细纳的鞋底下面
体味着干旱和雨雪的滋味

露珠与山与草的关系
全在枯萎与茂盛的日子里
与季节与生长的因缘
从夏攀爬到秋
而我,永远割舍不断的

是蒲公英伴岁月

丰实的花季、乳汁

和随年轮飘飞的洁白

2020 年 3 月 9 日

| 母亲

与日俱增

炊烟的梦境

总萦绕一个身影

朝夕昏暗的老屋

以岁月朝夕

点燃灶膛火红

滋养生生不息

续一把柴

前推后拉

一台祖传风箱

诉说母亲出嫁后的日子

把持家的动脉
母亲以丰实米香的心事
日夜平衡喜与忧的分量
青丝到白发
读不尽窗前那尊老石磨
健步与蹒跚
转动的人生

2020 年 5 月 2 日

| 苦菜

我知道
用贫瘠的心境
写不出赞美你的诗情

你的根
你的叶
你的茎
在一季冻土之下
丰盈春天精华

的确曾有贫瘠的土地
食不果腹的滋味
曾在春天
朝着秋天卑微流泪

你的苦
你的香
滋养了生命的长势
包括母亲
对山神的敬重
对庄稼的期冀

从沟沟坎坎到山脊
你不畏风向、不腐不倒
苦尽甘来
你有风骨襟怀
我对你的深情
源于苦汁变乳汁的敬重

2020 年 2 月 26 日

｜稻草人

谷子收了
山岭卸下绮丽灿烂的金腰带
谷秸被农家捆成秆草捆
在浩荡谷茬阵里摆成脊龙阵

稻草人
仍忠诚站立卫士守望的姿势
在日渐空寂的田野
雕塑一样逼真郑重
清风舞袖风铃摇曳
仍在诵咏土地和收获
包括阳光风雨和汗水

想起母亲坐在山坡石垛的身影
手里纳着鞋底
驱赶鸟群的吆喝声回荡山谷

2021 年 9 月 11 日

| 石碾

推动沉重的脚步
脊梁被躬身前行
一次次弯曲
沸腾的血液
滚落汗珠
燃烧炊烟的渴望

不要惊叹贫穷
这一古老风景
承载着生生不息的倔强
以庄重的目光停留
总能望见
母亲的身影

2020 年 4 月 18 日

| 麦香

麦熟的时节
把镰刀的语言
放进用赤诚燃烧的土地

金色麦浪
以感恩的风情
为太阳月亮
更换心醉壮美锦缎嫁衣
如同在荒芜的冬季
麦苗动情为寒冷的田野
披盖生机华丽

河流与山脊抒发喟叹
草木的青香与丰满的麦香
不能相提并论

敬仰的心怀
躬身于滚烫的汗水

麦芒窖藏弥香醇酿

磨砺秋冬春夏

提炼千年经典

如同母亲无尽的辛酸喜悦

升华炊烟和乳汁

2020 年 6 月 2 日

山魂

想一座山

诗意故乡

便站立在至高无上的高度

孕育繁衍岁月

包括草木泥土庄稼泉水石头

山与田野

和母爱一样深情厚重

山魂是故乡的神

如同乳汁的灵魂是母亲

脊梁挺立
承载沉甸甸的风雨

2022 年 4 月 12 日

感念母恩

常在梦里醒来
触感岁月深厚与单薄
光阴皱褶如利刃
嵌刻善良与无情的脉迹

常思乳名与家园
声声呼唤
裹紧风雨
滋养生命羽翼

河流岸穿梭织帆摇橹人
垂柳和老槐
身躯变迁颜容
拉长沧桑年轮的影子

常思石磨和炊烟
母亲以米香根植藤蔓攀爬的期冀
风华消逝青丝变白发
还有手上渗血的裂口与老茧

曾以失望刺痛恩泽
泪流满面难以愈合伤口
失血的骨头生硬脆落于单纯倔强
自乱阵脚蜇伤月光叮咛

苍老步履日渐蹒跚
叩问骨骼和灵魂
站成一棵树以阳光自渡
不负母恩珍贵厚重与尊严

2020 年 12 月 27 日

| 四月，老宅种下的乡愁

沿四月街岸
如一名花季访客走进山村老宅
故园倏然庄重成一座绵延峰峦
数不清的记忆
虔诚背影深情站起来

没有假想和伪装的童年
拔节的炊烟
乳名唤声鸡叫犬吠
谷场边月光皎洁
大水缸里的眼睛细数天上掉落的星星

坍塌的老北屋
残垣老石墙背负残垣老土墙
搀扶漏风漏雨的老木门老窗户
根基与痕迹襟怀厚重
续延老祖屋遗留的尊严与沧桑

无须探究家世源头尊卑
淹没了音容甚至名字的忠厚与善良
以韧性把清贫高度一再压低
奔波与倔强传承
矗立起一座座仰望的山脊

命运河流浸染命运风尘
与岁月一起坚硬难忘的影子
包括听闻乡邻关于爷爷饥饿初秋的悲剧
家园种植的怀念
疯长遥远晨昏不幸失语与沉默

仍被鸟鸣集结唤醒黎明的老榆树
粗皱裂纹如儿时光背爬树划破的伤痕
风骨遒劲伟岸
如父亲母亲一生播撒厚爱勤劳滋养繁茂
被风霜雨雪打磨成乡愁的地标

老宅嫩绿尚未成荫
布谷声声浅吟滴落思念与孤独
一把竹笛随风回响主人风华弦音
不舍与疼痛
击伤父亲不辞而别的夕阳与黄昏

2021 年 4 月 28 日

秋殇

这个秋天寒意如剑
刺痛的黄昏弥漫离殇
第一次，没有勇气吟咏
落叶蝶飞美丽

怎样读透归根的意欲
枯黄惧霜与飘零
离殇，以何等不舍与疼痛
种植在流淌温暖血液的躯体

彻悟晚秋雁声哀鸣
撒下一路凄婉悲情
父亲再也说不出的留恋愁绪与牵挂
犹如孤鹤负重西行泣诉回望

不忍直视牵手寂寞走向黑夜的夕阳
追不回
假设……假设与不可能

落叶被陡峭风声羽化流星
击碎山脊畅想中秋的梦境
站在星河东岸千万次呼喊
西岸残月无言
空留一片泪光神情

2020 年 9 月 25 日

| 季节的疼痛

时令浮起善感秋韵
一条河流带走的永别
又在收获季岸呜咽
拒绝应答的叹息化作空谷回音

无法诅咒薄情的黄昏
月亮穿行淡淡阴云黯然神伤
对视那片丰收在望的田野
父亲躬耕岁月的身影
一次次打湿庄稼珍藏的记忆

怎样与离殇和解

季节的疼痛

根植在心湖

孤独帆影载着你坎坷的足迹

你的精心，为家园沥血奔忙

你的潦草，对自己清苦一生

渐疏蝉鸣感知泉涌寂寒

思念穿不透的墙

一年一度

拦不住秋风秋雨秋霜层叠结网

落叶归根苍白于泥土凝重

鹤鸣掠过荒凉逼仄的归宿

惊落一片飞雪刺痛寒冷的呼吸

2021 年 8 月 6 日

遗憾无法弥补

时光从不显露停止的迹象
一些设想的种子
不单需要阳光和雨水
缺少根痛与眼泪的想象空留无奈与苍白

多少愧疚燃烧奢望
故乡月圆召唤
三十年中秋无一次团聚
难圆其说，横在肩上
思念、责任和海疆

养育之恩挂心海之帆
如有时间，一定回……
遽然殇别将憧憬等待击碎
伤痛撞裂山谷
墓碑与父亲以无言沉默

遗憾无法弥补

海潮体感月色心境

反复浸染一种秋凉沉重

奔波离乡的语言

月圆月缺无处躲藏

2020 年 10 月 1 日

遥望黄昏雪野

遥望黄昏雪野

听见思念拔节的声音

孤寂寒冷的思绪

被呼啸寒风淹没

白雪铺成薄凉信笺

写满岁月不眠

曾握北斗闪光画出无数条路线

曾托无数雪花捎带无数次信函

望穿双眼

收不到一次回音

茫茫雪海

找不到你迈动的一个脚印

岁月记忆灌满难以融化的心结

冬晨老院清扫积雪的身影

雪路百里骑车往返校园送饭的身影

崎岖山道冒雪挑水的身影

除夕夜看孩子们燃放鞭炮礼花的笑容……

夜幕降临将是星辰满天

父亲已找不到回家的路

寒月高悬一把冷箭

将雪花怀念永久击痛

2021 年 11 月 14 日

雪后山村

一场雪后

诗意不再苍白

群山怀抱的山村

酣睡的空旷留白已丰腴

走进村庄清晨
被积雪淹没的老石街打开心扉
阳光漫过山脊泻下来
石屋石墙开始沐浴清清淡淡的温暖

万象随炊烟集结
柴香缭绕乡音激活寒寂沉默
洁白深处棋布残垣老院
零落的鸡叫犬吠唤醒故乡灵性

茫茫雪韵
仰视与俯瞰
眉宇孵化古老乡景
山风鸟鸣穿梭冰冻花海

吕剧《小姑贤》
喇叭唱腔自山腰想起
山村雪韵开始疯长腊月浓烈年味
旅归人
忆念回眸光阴疯野的童年

一道伤口难以愈合

梦境月色铺满故乡的路
望见父亲躬身清扫门前雪
牵挂与思念
提着孤单无处安放

2021 年 12 月 15 日

| 梦里，奔跑在一片田野

梦里，奔跑在一片田野
阳光下
一层厚厚的雪
而我，像一匹孤独的马

我在寻找一个不能愈合的伤口
听见鸟鸣喊出空寂寒冷
看见沿途露头的枯草瑟瑟发抖
枝头饮风摇曳撒下叹息与雪泪

终于找到沉默于冻土之上的山岗
脱下鞋子光脚走近

呼喊,呼喊,没有应答
再叫不开那扇紧锁的家门

曾痛恨那条夺命的河流与黄昏
去年八月父亲和金黄的谷子一起倒下
思念找不到归宿
梦里雪花飘落罩不住燃烧的泪雨

在山脊写一篇祭文,以跪拜的姿势
转身,看见来世的清晨
肩扛锄头手握镰刀,父亲
正走向拔节疯长的夏日田野

2022 年 1 月 27 日

冷峻的雪

一场雪后
风仍以凛冽呼啸奔跑
苍茫山野
完成一次枯寂荒凉超度

洞穿山脊底蕴
我在寻找雪神抚平的记忆
崎岖十八弯的山道
背影脚印叠加沧桑痕迹

岁月根植怀念
父亲以忙碌清点黄昏落日
躬耕播种的身影
相伴汗滴、镢头、锄头和镰刀

想起弥漫雪域之上的白月光
冷峻越过星辰河流
风是冷的水是冷的想念是冷的
天空心海铺满寂寒孤独

墓碑矗立无言
沉默在雪魂深处成为永恒
一生沿途背负风雨
再听不见奔波忙碌的脚步声

能听懂冰下泉流的幽咽
扼腕叹息黄昏鲁莽遗失你的音容
日历写满疼痛

总以为庄稼仍在疯长秋天没有远走

2020 年 12 月 11 日

| 雪, 来自遥远思念

梦境窗外
到处寒风嘶鸣的声音
大雪纷飞
吞没暗淡夕阳
淹没冻土干裂与荒芜

思念奔跑追赶
站不稳的伤痛开始匍匐
一个背影越走越远
听不懂心肺呼喊
看不见一次回头转身

心翼穿越, 茫茫雪原

枯河南岸山坳

突现朝阳鸡叫鸟鸣炊烟

听见陡峭石阶急促沉重的脚步

那是年迈父亲往返雪山挑水归来

知道今日之后大雪将常来

梦境内外

晶莹洁白洗不掉伤口

不能逾越的天堑

一只过路孤鹤雪祭天宇滴落怀念

2021 年 12 月 6 日

┃月光海岸

静怡的时空

海岸

独自一人坐拥月色海风

朦胧的世界

薄雾如轻纱摇曳

面朝一条熟悉航线
打开一扇窗口倾听浪花独白

跟随浪涛潮音翻阅日历
一座灯塔
总在梦境山脊频频闪烁
明示与暗语
都是父亲几十年反复叮咛用旧了的词

骨骼里，自责愧疚
已成永久伤痛
没来得及孝敬回报
以及曾经叛逆的心结
已在一座苦涩孤岛长成大树

告慰含着苍白，我把星辰月光寄出
叮咛，没有荒芜

2022 年 4 月 11 日

深沉的春色

春色走进四月
赶在清明前
旷阔的北山坡
连翘黄浩荡虔诚地开了

瀑布一样的气势
流淌冷艳光华
诉说的神情
背负深沉怀念与往事对话

想起老院西南角
一棵栽植于旧水桶的连翘
父亲走后的春天
漫过院墙的身躯每年孤独开放

梦境在一场春雨之后
悲伤逆流成河

我折一束连翘
躬身插在沉默如山的坟头

2022 年 4 月 3 日

一滴雨落在清明

本是春色轻盈
哀伤刺痛一个节令
炊烟与山脊
心悸阴雨蒙蒙

以怀念注视天空的情绪
怕云朵阴沉下脸
怕雨滴从天路云梯掉下来
砸痛一片田野

那片田野是生长孤独的心海
一座土丘坐落在中央
一个用黄昏夜色疼痛筑起的新家
我怕冷漠凛冽的雨声惊扰了熟睡的父亲

怕一滴雨落下
怕雨滴助长一棵断魂草
无情，会让微笑绽放的一树桃花
下成哽咽泪雨

怕一场雨来
怕牵动一声惊雷
怕搅扰父亲月色清晨聆听世外鸟鸣
怕春雨之后
父亲因失去耕耘镰刀锄头的日子倍增伤痛

空蒙清明雨
疼痛与牵挂
多想，有雨无雨的日子
在乳名无忌的叫声里
再与父亲举杯对饮

2021 年 3 月 22 日

｜思念炊烟

研磨中年性情
反刍,在骨子里沉默已久
浸染滨海繁华的静夜
我是挂满孤寂思念炊烟的人

钟情于群山环抱
炊烟收藏着故乡
敬仰的山魂
萦绕泥土哺育的乡音

常思飞翔远方的期冀
山脊叮咛
沿乡河挥手
一直伫立在炊烟消散的山口

不能回头
漂泊的云朵已种下一片海
父亲长眠的田野

常在月下敲击海浪孤独

2021 年 7 月 13 日

那条河流仍在秋天哭泣

整整两年了
我听见那条河流仍在秋天哭泣
看见即将熟透的谷子
仍保持垂首送别的姿势

不敢对望不能忘却
乡河两岸沉甸甸的秋色
仍在呼唤一位不辞而别的主人
一座大山背负不舍已永久沉默

想念不能停歇
刻骨疼痛已刺伤中秋圆月
诀别于寒凉秋水
归宿相伴星辰草木泥土

在秋风秋雨冷漠里横渡悲伤心海
一丝寄语满含眼泪
父亲，安息
你再不为跋涉人间坎坷风雨而疲惫

2022 年 8 月 18 日

｜雪中黄昏

雪花飞舞，炊烟
从土坯屋顶升起来
鸡归巢
从栽种剑麻的墙头飞下来

山村渐入沉静
落雪有声天籁空蒙
街巷异动
惊扰一串粗粝犬吠

饭屋里传出喊声
一声乳名打湿双眼，看见

灶膛火苗映红母亲日渐苍老的脸，听见
父亲挑水归来攀爬石阶脚步急促沉重

刻骨思念矗立寂静深处
根植在童年少年的梦境里
当乡愁被山风唤醒
老榆树擎举的那只眺望风铃
常在雪中黄昏响起

2022 年 11 月 12 日

｜腊月的炊烟

腊八粥浓香飘逸
积雪未融的山村
年味叩启门扉
接力乡音乡愁
奔赴同一个心愿渡口

炊烟深情厚重
挑水劈柴，父亲穿梭忙碌

石碾石磨转动月色星辰

常把黎明梦境过早喊醒

锅灶风箱米香承载沉甸甸的母爱

心怀伤痛难以抚平

与晨昏对视

腊月炊烟已凝重冷峻

再不见父亲忙年的身影，连同

播种春华秋实的渴望和归期

2021 年 1 月 21 日

｜一个人的月亮海

静坐于礁石林

秋的思绪

浸润在与黄昏擦肩而过的月光里

折叠时空羽翼

将日子想成一片海

让海风迎面层层穿透躯体

任涛声反复淘洗平凡与梦幻的影子

薄纱轻雾漂浮朦胧视野

顺风月色传递一声声返航笛音

仍未归宿的鸥鸣

滴落丝缕天籁心境

倾听浪花修辞

一个人的世界

梳理岁月写意

溯源解密一曲曲深沉旋律

一叶帆舟情怀

细数航迹

收获喜乐伤感舒适疲惫成功失败的履历

浸染碧透和谐浊浪激流

征途主题铺展的一张张宣纸

磨砺临摹运笔的胆识思维

被浩瀚波涌警醒

曾经贫瘠的思想坚硬了阳光骨头

不再空想一座世外桃源

虚无,只在人间烟火之外

一种永恒

月光海岸转身不能忘却逃避

漂泊于蓝色梦境的牵念

是风霜雨雪滋养的故土山水
纵使老院老屋残破如一座废弃孤岛
千里之外
总能想起炊烟米香和呼唤乳名的乡音

难以释怀久别难逢
我把内疚自责根植星辰大海
一座慈祥山脊
善良宽容
期冀叮咛总以家国承载轻重
不能自拔的孤寂
是仲秋之夜从天而降的噩耗
父亲的永别
将中秋圆月永久击伤刺痛

2021 年 11 月 20 日

｜金色永恒

芒种阶律弹出的音符
已嵌入六月
粮仓与故乡
再一次升华炊烟的高度

纵贯山谷村庄仍旧干涸的河床
被茂盛青绿唤醒沉默
审视从容脚步
乡河两岸辽阔田野正燃烧丰收喜悦

泼墨写意不带夸张语意
铺展在蓝天及群山怀抱
壮美已沸腾
燕声翻飞掠过金色麦浪
朝霞夕阳浸染金色麦香

一册乡愁封面成为永恒雕塑
斗笠起伏在骄阳下

父亲母亲挥舞镰刀躬身前行

而地头树荫下

是我和弟弟悠闲快乐的童年剪影

2022 年 5 月 17 日

| 老土屋

祖居故园

以炊烟经络拉长记忆

根性的高度

弥足年轮储藏陈旧的珍贵

世袭泥土的味道

柴门泥墙渗漏着山风

蛛网攀附纸糊窗棂微弱光明

星辰点亮泛动黑暗的油灯

天棚高搁的纺车

仍在眷恋时代转动的风情

关于父亲母亲

毕生经营家族血脉和米香

喜悦归仓的鼾声

苦涩疼痛的叹息

乳名叠加欢声笑语萦绕栋梁

升华老屋蕴藏的灵魂与虔诚

时光不停雕刻苍老

老屋屹立不倒挡不住头顶年迈的风霜

乡愁往返于春秋

屋檐下燕叫声声的梦境

以深情邀约返程归期

2020 年 12 月 11 日

5

难忘故乡

故乡的魂

把一座山安放在心里
站成伟岸的姿势
让每条山径都走出四季
连接村庄与山脊
珍藏的秘密

握一只思念的笔
饱蘸时光记忆
临摹树木奇石泉水鸟鸣羊群
剪彩风霜雨雪枯荣交替
抒怀土地汗水春华秋实

把厚重恩泽矗立心海
仰望炊烟升起清晨与黄昏
在漂泊旅途，枕眠月色
倾听乡音、乳名
喊出故乡的魂

2021 年 8 月 9 日

想一座山

朝夕听海
羁旅红尘的情怀
如立于海岸体感不定向的风

遥望碧海深处
孤岛的风景
看不透潮涌脉动
易生心悸与倦意

想一座山
坐落在遥远的故园
梦境的安然
是苍鹰盘旋于炊烟之上
影子在阳光下的纯净

敬畏的灵魂
是山屹立万年的稳重
善良与慈爱

以宽阔襟怀滋养四季
总把繁茂与枯萎当儿女
为风霜雨雪作嫁衣

2020 年 6 月 3 日

乡音

乡音的玄妙
如同一块土地种出来的记号

乡音种植的岁月
穿透风霜雨雪
于同一片炊烟生动

乡音没有贵贱之门
如母亲诞生的尊严
连同喜怒哀乐的吆喝

乡音的魅力
流淌江河的血脉

一头是家门
一头是乡愁

一家亲的意念
千里万里之遥
乡音于他乡异邦
不期而遇

剪不断的怀恋
母亲常在梦里
用乡音呼唤
——你的乳名

2020 年 5 月 16 日

青石老街

清一色的石头
阴与晴泛着岁月打磨的光亮
与村庄同代出生的老槐
梦境总能听到或急或缓的流水声

炊烟本色亘古未改
沿石街两岸穿行相思的云
阡陌沧桑风雨
挤满明朝播撒的乡音

一条脉迹河流
晨辉夕阳背负耕犁的命运
不息传递接力
载渡山脊一枚枚朴实心愿

岁月叠加蹚过的脚印
沾满泥土芳香
穿过花季炎夏秋霜冬雪
坚硬脊梁挺起苍鹰盘旋守护的山魂

一些感叹无法回避
羽翼梦境纷纷飞出山外
冬阳里静默如画
聚堆温暖筋骨的老人
褶皱的目光深情垂钓老街已逝光阴

凝重永恒的烙印
常思啄木鸟敲击晨夕暮晓
关于乳名羊群泉水的眷恋

心怀乡愁入口
等待稀薄的归期

2020 年 11 月 17 日

山里人

像一句口头禅
出自平原和城里人
很古以来的传承
平凡惯性
潜藏着迷茫和明喻玄机

多年以前,心界曾沦陷有价可比
穷困富有
卑微尊贵
一把粗糙斜视刀,用眼神和失落
刻出凹凸心迹裂痕

不必虚构掩饰
崎岖贫瘠曾代言苦难卑微
掌心里的命运

在天路之外，穷山沟
布满沧桑辞海

多年以后，心结打开一扇明媚窗口
实为一个中性词
居山为家的人
血肉骨骼润泽风雨
不只养育憨厚、纯真与朴实

是一种深情敬重与期冀
山骨脉络编织的光阴
缭绕炊烟余香
翻越山脊的梦想、艰辛和汗水
滋养了祖祖辈辈不屈和坚韧

人世间的参悟
为繁简向往奔波追逐攀登
人人都是山里人
包括走出大山飞翔游子的诗意吟咏
眷恋、牵念与叮咛
原意本真
大都源自仰望故乡的山魂

2021 年 10 月 18 日

| 老井

——题记：一口老井，百年贫瘠与沧桑的记忆。

一层滋养厚重的青苔
青石口紧握绳索深刻的伤痕
沉淀老井百年记忆

井底一眼泉
承载村庄饮实与干渴的岁月
从不枯竭的传说
实为贫瘠的水脉
雨丰水浅
天旱水深
演绎祖辈靠天吃饭的命运

一个水桶百米绳
一群庄稼汉的身影
用蹲伏

丈量双手抓举爆发的支点

一二三　嗨

一二三　嗨

井口把井绳

挺直身躯

再举过高高的头顶

加把劲呀　嗨

加把劲呀　嗨

汗珠滴落的沉重

传递不停歇的倔强

拔起清纯的生命

吃水贵如油年景不再

物是人非

弯腰垂目

时光洞穿流年的影子

襟怀沧桑乡音的脚步

老井的丰碑

雕刻饮水思源的胸怀

2020 年 4 月 5 日

| 新井

——题记：一眼新井，扶贫脱贫的风景。

等待了半春的闷头桃花
以晚开的架子摆谱
傲立石崖适于隐居的高地
观象审时

总感觉有大事发生
零零星星一朵两朵
揣摩昼夜不停的机钻
每天试探花开的速度

夜色一宿没有合眼
翻动扶贫日志
把绽放的心事
当成盛大仪式
与月色与晨风窃窃私语
定下感恩的日期

消息如快递

最懒的桃花痴情绽放在黎明

阳光最默契

偷走黄昏报喜的一声春雷

艳阳高照的正午

鸟鸣与麦苗一起屏息

如焦急等待新生临盆

钻井队长突然撩起嗓子呼喊——

乡亲们

出水了

2020 年 4 月 10 日

一滴雨的故乡

剪不断的眷念

一滴雨

承载一片海

魂牵梦绕的故乡

于心境

波澜起伏

乳汁的恩情
山脊的伟岸
以坚韧滋养挺拔风骨的根脉
一滴水
洞穿晶莹剔透
叮咛的河流奔涌入海

时光，腊月将尽
凝望远方举起明媚乡愁
梦境泛映生动
开始沐浴春风雨霖
溅起的馨香
飘逸泥土清纯的味道

2021 年 1 月 28 日

| 初秋山脊望故乡

八月的归途

邀故乡

登山脊眺望原野

沐浴微风清凉

如醉饮甘醇美酒

一群蜻蜓舞姿轻盈

唤醒一群少年追逐蓝天的记忆

初秋色彩，故乡

流淌绿水青山主旋律

鸟鸣虫唱弥漫山谷田野

飘荡五颜六色音符

庄稼挽秋阳秋风行进

丰盈的笑脸

开始泛动金灿灿与火红的风韵

乡村游的笑声

惊落山羊群、采摘园、泉流旁过路的彩云

变迁,阡陌桑田
贫瘠背影已远去
背负沉重攀爬山脊的沧桑
已踏生机步履
升华岁月炊烟缭绕的乡音

2020 年 8 月 9 日

门墩上的老人

太阳开始抒发热情
拐杖踟蹰,坐上门墩
眼神和手能瞬间唤醒的伴
是寸步不离的老狗

黑土一样的脸
如干旱的田埂纵横交融
最帅的模样
淹没在若隐若现的印象里

燃烧的年轻是标准的感叹号
一只颤抖的手
倾诉不停的感叹
最专注的神情
铜锅烟斗吞云吐雾
一两声咳嗽
都是老姜陈炼的味道

坐着不说话
老脸不阴不沉
与太阳无言对白的日子习以为常
有时也说话
老脸挂满心事
每句自语
都是对欢喜和忧伤的眷恋
每一个迟钝的望眼
都是对岁月的怀念

老狗卧姿虔诚
憨厚的眼瞬间眯睁
听懂的心事
如老榆树孤独的眺望
老人的牵挂在远方

2022 年 3 月 2 日

播种

花的声音
被一群蜂撩拨在原野
绿意生动
蝴蝶跟随田埂松动的脚印
摇动忙碌的风铃

那片红火过的高粱地
被额头滴落的汗珠
在镢头憨实的节奏里
翻阅一层层
馨香四溢的波浪

一声声吆喝
粗糙的手
把微笑与叹息
搅拌成种子和养料
播撒在大地深情的风骨里
然后

等待一场雨
开始滋养秋收的长势

2020 年 3 月 27 日

| 麦收时节

思绪飞翔
栖落一片金灿灿的田野
心海闪耀的光芒
麦浪一泻千里

浸润肺腑
麦香飘荡在山间村庄河岸
熟透的喜悦
被七星瓢虫红眼蜻蜓馋嘴麻雀
释译成饱满修辞

忙碌盛宴即将隆重开始
深思熟虑的决意
在怀乡停靠站

更新一次诗集封面主题

选择村庄之外乡河北岸正在抢收的麦田
聚焦热浪蒸腾的氤氲
满坡乡音，草帽下
挥舞镰刀的身影
包括我的父亲母亲

2022 年 5 月 28 日

麦子熟了

麦子熟了
锋芒挺立
向天空扬眉颔首
站成田野诵咏的姿势

金色燃烧的海洋
丰韵，一望慷慨浓烈
实诚，像农家汉子黝黑憨壮的神情
喜庆，像农家婶娘满脸灿烂的笑容

自越过寒冷,期冀
沿四月河岸加速竞走
炊烟不停观望
揣度阳光风雨温暖与生硬
举起朝夕把粮囤嵌入六月心事

义无反顾的意志
拔节抽穗扬花灌浆
审视目光心语
汗水一路感动
麦香渐浓弥漫阡陌村落与山岗

终于听到开镰的嗓音
收割机列阵集结穿越国道省界
二月离乡奔波的乡亲
归途的翅膀起程飞翔
朝着同一个方向

2021 年 5 月 30 日

故乡的麦浪

站在芒种的瞭望塔
听见故乡波涛汹涌的声音
火热的风抒情走过田野
麦浪,如翻江倒海

故乡的麦浪
一望无际
浩荡绚丽轮回
闪耀岁月燃烧的激情

故乡的麦浪
深情,气度辉煌
淹没朝霞夕阳
淹没道路河流山脊村庄

故乡的麦浪
魂载沉甸甸的分量
不负汗水辛劳,麦香厚重

幸福喜悦甜在心里写在脸上

故乡的麦浪
壮美，一幅盛大画卷
乡亲握笔挥毫饱蘸虔诚
用种子点燃土地金色的梦想

2021 年 6 月 1 日

| 断流

河水在深秋清晨断流山口
河床枯萎荒草躬身俯首喊出不舍嘶鸣
被第一轮霜降浸染的风
摁不住层叠叶黄焦躁不安的情绪

炊烟袅袅依旧沿河流淌
白杨林簌簌落叶诵读生息光阴
在第一场雪花到来前
我竭力寻找一组词牌标注最后秋韵

知道无数生命更迭于年轮

包括只有茂盛雨季才能重现激情的河流

知道会有一场雪景淹没凄凉荒芜，润泽滋养

怀揣土地与山脊的凡尘夙愿

站在村口张望徘徊

看见月色点亮灯盏

一条不息河流，牵手

背负乡愁沿河岸进出山口的人

2021 年 10 月 3 日

又见村庄

晚霞映红田野

一条弯曲山道

挑谷的担子

颠簸一串秋色河流的影子

匆忙归途

心怀久别泥香和乡音

收获的季节
视野路遇瞬间打湿亲切动情

沿途虫鸣一路奔跑
倾情的旋律
是纯净和深厚
爆发的记忆，那么多、那么深、那么久

故乡的季节风景
艰辛和汗水演绎朝夕岁月
滋养朴素和快乐的星辰风雨
一如养育村庄祖祖辈辈的老井

无法忘却村口告别的印记
背负山魂走向海的辽阔
故乡的炊烟总在梦境萦绕
镰刀锄头庄稼山水
是心头拆不散的乡愁

2020 年 8 月 21 日

| 初秋,走进故乡入口

初秋,走进故乡入口
激动情不自禁
心海潮水从眼底溢出来

中年疯长脆弱
三十年
用月色思念浇灌光阴
血液奔流的根脉
繁茂成千里乡愁森林

吮吸浓烈葱郁
久违的气息
庄稼树木秋藤野草
夹道迎候的鼎沸蝉声鸟鸣
密林深处哗哗流淌的河水
一路与亲切重逢相拥

已听见散落在山村的乡音

炊烟徐徐升起来

降临的黄昏正搬出陈酿

定是沉静无眠之夜

山魂养育的星海

将淹没心中纷杂喧嚣红尘

2022 年 7 月 20 日

｜故乡柿子红

以山野，打开十月窗口

浸染初霜的风

仍在梳理秋的诗韵

诵读的情调浸润故乡时令心扉

落叶与枯草渐次拥大地沉眠

仍有燃烧靓丽的风景

屹立大山胸膛的柿子林

耀眼的色彩一尘不染

熟透柿子红

闪烁飘香的目光

以风骨傲视冬天来临

以山之灵秀吟咏秋的灵魂

遐想枯寂与繁茂

这是晚秋喜迎冬季的红晕

鸟鸣清越眷恋的旋律

荡涤山脊田野不良贫瘠的情愫

至于雁阵遗落在山谷的哀鸣

挡不住圣洁火热的爱情

一杯浓烈的柿子酒

飘逸酸涩变甘甜的味道

2020 年 10 月 2 日

| 落雪怀乡

落雪的时候
风从八面走来
脚尖踩着空蒙玄音
风韵柔情，如舞者轻盈拂袖

蛰居的事物蠢蠢欲动
心之海
浪花潮涌
层层翻阅故乡风景

场景地标反复浮现

站立沧桑窗前
百年老榆披挂晶莹
牵手老北屋
乡愁昂起头
满眼眺望神韵

2022 年 1 月 15 日

6

物语哲意

|花季

风雨之间的默契
最生动的流韵
在于花季

看得见的景与光阴
与风与雨
演绎相似此情此景
比如欣怡酣畅的心境
比如短暂延伸的缺憾与伤痛

暖意风来
枝头缤纷唤醒春之重逢
冷意雨来
落英满地闪逝春韵弥香

对于花季
无缝衔接的梦境
有慷慨的伴侣

也有失落的情愫

花开与绿叶拥抱的渴望

在自然分娩中总有失之交臂

因而羡慕太阳和月亮

虽短暂相逢

总能握手别离

2020 年 4 月 12 日

｜百合

位于山脊的风景

感恩和风召唤

向雨表白润泽动情

艳丽红黄之上

根基都源于

头如拳瓣如心

与年轮层层叠加的洁白

嫁接于人间

土壤的养育

把长势升华为爱的盆景

挺拔与茂盛
摧残与枯萎
恰如生命境界
分与合的韧性
全在心灵修剪的分量

2020 年 4 月 12 日

| 杯子

目光对杯子的青睐
如一日三餐
是左手右手端起的日子
有伴侣情怀

清水体味平常
茶香浓淡雅心涤垢
总有点滴倾诉感动
拿起放下
是坦然心胸

2020 年 4 月 18 日

| 野花

把寒冬梦想

绽放于春色身躯

如雪花把梦想

绽放冬季荒芜的山峦与田野

静悄悄地开

田间地头山坡溪旁犄角旮旯

与风与蜂与蝶为伍

与嘈杂喧哗无争

不攀哗桃红梨白的高度

扎根一方水土

坦然一种心怀宁静

算是生命完美的造化

拒绝呻吟与苍白

绚丽原野的深情

云朵、浪花随风似水灵动

从不屈膝卑微
野火烧不尽
以七彩涟漪重生
抚慰曾经沧桑于冬眠的土地

用季节语言
升华另一种高度
滋养追求与梦境
总走在襟怀与视野前方
芳香流淌
以坦然赋予哲理
在季节之春沁润时空与心灵
骨骼挺立
于拔节声中生动气节
警醒肮脏与妄念
洁身自好
凝练一世座右铭

2020 年 4 月 7 日

| 蝉

（一）鸣

洞出封尘

借月色

卸下沉甸甸的皇族衣冠

邀吴刚捧出杯盏

第一声鸣叫

一下就畅醉了夏天

声声蝉鸣

豪饮风露

独醉独醒

让一棵树的魅力

没有黑夜

撼动原野

从夏漫步到秋

（二）孕

隐居喧嚣之下
几年或者十几年
孕育的里程没有冻土

不要说有
漫长的黑夜
深藏的渴望
举起不眠华灯
点亮星辰的寂静

把树当母亲
用深厚土壤筑起皇宫
让根的情谊
吮吸风雨提纯的乳汁
感恩的召唤
交给树的飘摇华丽

2020 年 3 月 21 日

露珠恋

是夜幕下的精灵
如繁星倒影
以情人的襟怀
把绿色的海拥入不眠

知道自己的一生
只有一夜一晨的光景
在百草、树丛、庄稼的日记里
叶子是露珠的梦想和羽翼

一颗露的世界
泛映一片海之深邃与生动
典籍的怜悯与颂词
在阳光剌探之外
波浪起伏

风吟咏拨动月朗琴弦
露珠以晶莹泪光随月色动情浮涌

当旷野聆听百虫齐鸣
露珠滋润山脊安然沉睡于梦境
也有窃窃私语
都是爱恋的倾诉

至于诗意闪逝的心痛
饮露的蝉鸣蝶舞不予认同
蹚过一段杂草丛生漫长崎岖的山道
总想起母亲秋深露水重的提醒

2020 年 5 月 27 日

| 时光

临近寒冬
把季节对折阅读
以冷暖变迁丈量
方知时光脆落与坚硬

常思时令交替的界碑
春暖夏炎

秋凉冬寒

用奔波感悟漫长与瞬间

庄稼生动步履秉性

萌发葱郁丰实枯萎

风雨之外

展露耕犁虚实轨迹

最实要义是阳光襟怀

把渴望融入泥土

演绎开始与结局

主角是自己

2020 年 11 月 29 日

| 灯塔

一座灯塔厚载使命

沉静中闪烁的目光

聚焦一艘船的存亡

一条航线
在惊涛骇浪中潜伏
一束定位光芒
矫正规避浅滩与暗礁的航向

常思一张航海图的秘语
沉甸甸的精度
以地理经纬交汇于心海
浩若繁星的警示
密织不可逾越的红界

2020 年 11 月 12 日

| 标本

是否陶醉过自然博物馆标本展厅
虫鸟虾蟹飞禽走兽鲸鲨龟豚
逼真的物种雕塑
遐想追溯天地时空奥秘与神奇

是否曾把一种记忆珍藏成一本经典

刻骨情怀履历

风干一枚枫叶或一只蝶影

浪漫纯真甜蜜苦涩

在黑夜点亮心中灯盏翻阅领悟

赞美永恒鲜活的标本

那是牵手光阴本真的灵魂

江海

潮涨潮落波涛汹涌奔腾不息一泻千里

山野

花开花谢瓜熟蒂落叶落归根生动四季

2021 年 8 月 27 日

| 浮萍

朝夕的视线

随风路过流传隐喻的生动

南风,向北漂移

北风,向南浮涌

留一份姓氏孤独遗产
奔波于居无定所的世界
借涟漪与风的翅膀
随波逐流缠绕肤浅的思想

总能听到人与事关于浪迹天涯的倾诉
滚滚红尘,红尘滚滚
在叹息江湖的腔音里
怀抱一潭死水的梦境漂荡

缤纷色彩不含悲情恩怨
物种进化与花样本性展露意念
没有根性的轨迹
理想会变成岁月谎言

2020 年 12 月 1 日

｜爬山虎

辽阳街之南举山悬崖
一片爬山虎
裸露腊月寒寂枯瘦
依附的石壁尽显慈母神情

数不清的手臂
密织看不透的经纬
曾是光秃浅薄的石头
被雕刻出清晰通透的血脉

一直在探究
沿陡峭攀爬的秘笈
茂盛浓烈的夏秋
眉宇青波
以何种情愫遮蔽单调贫瘠

敬仰攀附抓牢的神奇
柔韧向上，魅力绽放人间感动

并不含卑躬屈膝讨好权贵的心翼

坚硬的信念

镌刻踏石留痕的脚印

2021 年 1 月 20 日

蜘蛛网

一根根银丝抽出韧性

精雕细琢的技艺

密织一张经纬分明的八卦图

明媚暗淡都是诱惑

若隐若现似有似无

晨露挂满晶莹

如天地乾坤间升起的白帆缩影

貌似低调，一蛛独角演技

实为睿智捕猎高手

阵地坚守耐心等待的神情

让猎物猜不透何等城府与阴谋

想象一些迷蒙沦陷的影子

飞蛾扑火之类生灵自投罗网毙命

惊叹迅疾捕获美食瞬间

堪比沉默中爆发一幕剧情经典

2020 年 10 月 19 日

｜荻花

眺望秋水河畔

采撷到秋风曼舞章节

柔媚飘逸浮涌

荡涤时令枯竭凋零荒芜心境

以热爱执着对视光阴

牵手阳光风雨

默默强健拔节身躯

从容等待亭亭绽放的时机

圣洁如荷，冷傲净渡

不阿谀取容迷离火红

秋意萧瑟
不因枯黄寂凉时空而失落

以温婉舒绽紫玉诗意
珍藏一份思念,有情人
爱意火炬
相拥素颜秋韵

2021 年 10 月 5 日

| 睡莲

站在十月池岸
牵手清晨第一缕阳光
以虔诚凝望
看你从梦中徐徐醒来

似水柔情
当你睁开明媚睡瞳
秋水因你碧澈宁静
秋风因你肃静安然

娇羞婉丽，睡美人

昼舒夜闭的姿体

不负名贵女神

以低调纯真素雅铺浮于世

迷恋陶醉

对你的敬仰

关联与释迦牟尼诞生的奇缘

一方圣洁

是《爱莲说》的境界

2021 年 10 月 19 日

芦花荡

旷野之地

一湾碧水穿透秋寒

远离冷漠喧嚣虚伪

珍藏凡尘情缘的秘密

芦花荡，涟漪随风浮涌

爱在深秋

坚韧相思的境界

一曲月下吟咏的情调

自尊与卑微隔岸相望

星辰与海的爱情

以夏孕育青翠浓烈火焰

以根升华田地收割丰盈的高度

清澈婉丽灵秀

凸显在绚烂秋色被秋风秋雨击倒之后

昂起自尊的头，以圣洁打动心潮

倔强贞爱，绽放晶莹剔透

2020 年 8 月 30 日

｜木偶

联想一场木偶剧

手舞足蹈

隔一张神秘幕布

明与暗，光影的角色
用尽心机雕琢情节会意

之外沉淀
喜怒哀乐的表达
生动于精彩唇舌配音口技
没有血肉的身躯
改变不了呆板的神韵

木偶的秉性
是无言一木形骸的僵硬
正如没有骨头潦草不堪的人生
无脑无心，命运
总被有形无形绳牵操纵

2021 年 5 月 28 日

| 落花与落叶

像年轮肩头挑着两种风景
暮春与晚秋
冷暖时空

演绎生命历程不可或缺的隆重章节

咀嚼时令界碑镌刻的辞海
满是感伤疲惫冷意
葬花语亡孤鸿哀鸣
如泣诉岁月漂泊流浪愁网幽怨

埋首决然横渡光阴的人
视落英与落叶为饱满音符
吟咏的旋律继往开来
季岸华章沿九曲河流纵情奔放

入土为泥落叶归根
像受孕和收获之后深情表白
与风霜雨雪共舞
垂钓新生与远方明喻

2021 年 5 月 15 日

| 谎花

在自然虚实间评介
不含一寸讥讽厌恶
瓜果桃梨的诞生
如怀胎孕育生命
行走春秋单行线
攀爬日月的藤蔓
开花有果无果
雌雄相依的风景皆显艳丽芳纯

是否想到红尘春秋酿结苦涩的谎花
摄人魂魄的诱惑
如浊流迷雾遮蔽漩涡、陷阱与悬崖
步履鲁莽轻狂
代价是一枚枚黯然苦果

2021 年 8 月 25 日

│悬崖

一种修辞想象
源自鬼斧神工
与峭壁珠联
组合雕琢人间撼叹风景

飞瀑直落千尺寻觅知音
鸟鸣凌空滑翔舒绽羽翼
遒劲松柏扎根崖壁傲视天地
诵咏万年不老山魂

望而生畏的情愫
闪失、狂羁或厌世坠落伤痛
登绝顶审阅欲望阶梯
深渊之意
泛映掌心命运黯然轨迹与神韵

2020 年 10 月 31 日

｜飞蛾扑火

自古演绎一剂良药隐喻

不愿在黑暗中沉默
耐不住短暂寂寞
把向往以攀附点滴光亮当惯性
不惜火焰焚身终结性命

想那些装扮绚丽的陷阱
因为绚丽
一往情深的人与事
前仆后继

慷慨赴死与愚蠢极致
是怎样一种分门别类
一次邂逅光鲜艳遇
浓香嵌入销魂迷笑与音容
总让花心情种步步险境

2020 年 8 月 2 日

7

家国情怀

| 国庆节

没有比这更大的节日了
隆重华诞
神州大地的脉搏
以一曲曲深情旋律
激荡着中华儿女的心跳

五谷彩车满载喜庆
一群群白鸽飞越天空
江河湖海捧起浪花
黄土高坡众槌齐舞千鼓争鸣
——今天是你的生日，我的中国

大江南北
所有门窗都已打开
信念擎举同一种颜色
那是鲜血浸染的灵魂
——中国红

同心逐梦

笃力前行

我们手持接力火炬

家国信仰扎根华夏沃土

——祝福祖国繁荣昌盛

2022 年 10 月 2 日

｜五月的风

开启五月门扉

春光行程

不再拘泥花开花谢的节奏

磅礴潮汐

挽拥海的庄严

在黄海之滨

谛听辽阔壮丽倾诉

百年史迹

风卷云涌

静听沧桑波澜

浩瀚激流仍在咆哮怒吼

悲愤忧国

经久不息的呐喊

唤起民族觉醒

唤醒山河沉睡

不能忘却的纪念

以春风冠名

浇注一座永恒雕塑

红色烈焰

东方信仰之海

镰刀锤头闪耀光芒

擎举不熄火炬

敬慕、奋进与航程

扬帆追随

以青春的名义

注：《五月的风》是青岛著名景区五四广场标志性雕塑，凸显五四精神朝气蓬勃的主题。

2021 年 5 月 5 日

| 路

——题记：庆祝中国共产党成立一百周年。

星火燎原的壮志
一群擎举灯盏的人
为探索革命
留下一路呐喊不息的声音

千难万阻的历程
穿越层层天险恶水峻岭崇山
为独立解放
沸腾热血染红多难的土地

百年沧桑
闪耀七月的光荣与梦想
披荆斩棘
十月丰碑挺起民族脊梁

信仰与抉择

飘扬镌刻金色镰刀锤头的旗帜
汲取百年营养
巍巍巨轮勇立潮头
新的征程,领航扬帆
众志成城,行稳致远

2021 年 6 月 4 日

端午感怀

两千年前的那一天
汨罗江的心情得多么沉重
一块石头的分量
在激流的呐喊声中成为不朽与永恒

以沉睡作赋
最后悲愤决绝的嗟叹
家国情愁
随滔滔江水奔流而去

万家炊烟一直在寻找

洞庭湖从未入眠

敞开的襟怀夜夜打探

无奈《离骚》主人已成永远

赛龙舟的语言

以浪尖舞剑延续豪迈气节的火焰

共舆而驰同舟共济的昭示

常以金鼓擂鸣与呐喊警醒击碎麻木

江水能听懂三闾大夫最后的心愿

搏击燃烧的血脉千年不息奔腾

亿万门前遍插艾草已是告慰的颂词

——华夏大地山河锦绣国泰民安

2020 年 6 月 17 日

| 以家国之名

不再倾诉抱石沉江之痛

但在那片千年不息的江水源头

郑重摆列粽子菖蒲艾草雄黄酒

以端午之意
崇敬上下而求索
以家国之名

何以释解《楚辞》灵魂
《橘颂》《离骚》《天问》
忠爱曾经沧桑多难风雨飘摇的祖国
那么专一,那么深情
以《橘颂》铭志
襟怀天下兴亡、疾苦与安宁

忧国忧民
以刚正浩然呼告奔走
傲骨不惧屈辱苦旅
气节感泣江河大海
纵身一跃佩剑昂首
如闪电惊雷痛击麻木昏庸

已是国泰民安
是否彻悟龙舟竞渡的寓意
金鼓擂鸣呐喊
共舆而驰同舟共济
国之信仰厚重永恒

民族之魂璀璨不朽

2021 年 9 月 19 日

厚重的土地

——题记:仓廪实,天下安。

穿越人类长河
怀揣一片土地
种子与粮食
委实厚重高过层层天空

怎样看待一部部史迹
繁衍千秋万代的源泉
一条动脉恩泽跳动
以烈火真情延续经久不息的生命

汗滴禾下土
演绎面朝黄土的初心
耕犁五谷的虔诚
滋养炊烟米香的根系

丰腴或贫瘠的土地

言辞都是粮食的命题

一幕幕悲惨年景

嵌刻着饥饿的苦难记忆

并不遥远的年代

围猎野菜树叶草根树皮

背着穷日子流浪乞讨的悲情

堪比非洲女人与孩子充饥泥巴饼

不能忽视对土地和汗水的冷漠亵渎

舌尖浪费不屑一顾的顽疾

让忆苦思甜的花朵汗颜凋敝

而丰收在望灌浆期毁麦青贮预警敏锐与心痛

仓廪实方天下安

犀利警醒居安思危

一秉虔诚，当心怀每一粒食粮

敬尊厚重的土地

2020 年 10 月 13 日

收获季节

中秋国庆拥抱同一天
枫叶红，开始点燃激情
向着天空大地
敞开祝福襟怀

十月的姿韵
以田野铺开视线
通透分明的经络
打开一部永不褪色经典

相似的轨迹
耕耘的事物陆续交出答卷
喜庆、缺憾或感伤
收割中掂量汗水的分量

大都是丰实归仓与吉祥
梦境的脚印没有迷路

火红金黄的归宿
不负月色阳光与风雨

感恩山河的庄稼茬满眼恢宏气势
以冷静布阵沉思
曾对峙春天伤痛结痂过的土地
怎样以惊世魅力绽放出灿烂生机

欢歌笑语在蓬勃生长
一群群白鸽飞越天空
家国,血脉根情
将尊严与信仰高高举过头顶

2020 年 10 月 2 日

通途

不用虚构描摹
在这个葱茏与金色时节
以真实感悟
把发展的想象力根植于故乡

崇山峻岭之间
曾是千年闭塞禁锢的思维
枯瘠之上，藤蔓
总越不过崎岖陡峭的脊背

变迁于盛世华章
初心肝胆光耀一片古老的土地
脱贫攻坚如期兑现后的震撼
再一次唤醒大山沉睡

石破天惊之举
隧道高架箭穿山谷峭壁与河流
高速动脉栖落的出入口
助推魅力山水与乡音
四通八达于神州

曾有一万个不敢想
时代强音的撞击
挑战一万个不可能，引擎
嫁接黄金羽翼
振翅辽阔与远方

2021 年 6 月 7 日

｜江河

江河
水之脉
命之源
青山绿水绕
神奇与美丽
本色家园

人类蓬勃的枝蔓
在水一方
富甲的欲望留痕
与江河藕连径迹
丰满与枯竭变迁
清澈与污浊更替
嵌刻时空脚步沉思

文明与愚昧
敬重与摧残
江河入湖入海

目光的深度

经络护卫的理念

凝缩珍爱与命运的种子

古诗吟咏自然音韵

阳光月华琴瑟倒影流水

星辰不负岁月世纪

坚韧与"魔难"

"地球一小时"的警示

承载江河湖海的沉重

以"绿水青山就是金山银山"的信条

修复疤痕

不让现代河流

扮演未来遗憾沧桑之鉴

2020 年 5 月 13 日

8

人世百态

| 流浪的喇叭

冰箱,电视,电脑,洗衣机
摩托车,电动车……
刺耳的吆喝
四处流浪

一朵仿生风景
穿越小区小巷时空
生动的流韵
与城市
不绝于耳的混响
用匆匆的脚步放大一种高度

立于生存缝隙
与风雨同行
摇动一串苦乐风铃
平凡朗诵背井离乡的含义
一个起点是家园
没有终点的流浪

是撬动愿景的支点

2020 年 4 月 9 日

┃磨刀人

一辆老掉牙的自行车
一条被岁月打磨成油亮的长木凳
装具简单完备
白发和慈祥布满沧桑清瘦

小区楼宇小巷大街院口门庭
吆喝里飘动眼神紧盯一点或许多希望
大多时光无语沉默
一副坐凳认真做事的等待

一个寒酸的流连摊主
落座等待的位置流动安居乐业的影子
路过的脚步和眉飞色舞大多是无视
零星几单生计充斥讨价还价

收摊时经常笑容单薄

推着黄昏被霓虹淹没背影

没有怨言的辛酸与沉重

诉说离乡颠簸的每个黎明

2020 年 7 月 13 日

｜写生的人

端坐河流岸

一尊阳光风景

清澈神韵倒影潺湲秋水

没有笑容的凝望

目光、花镜与斑秃头顶一样郑重神秘

朝同一个方向

挖掘心灵如意

峰峦峭壁采撷入画

崖柏傲立,野菊绽放,隐约背影滴落雁鸣

透视河畔白杨林深处

山腰古村炊烟袅袅轻盈飘荡
一阵急风临摹深情灵感
簌簌落叶漂流远方

搭讪恭问主题
下意轻捋霜鬓
一丝笑意沉重——
心中，多年未曾谋面的故乡

写生的人，久别的人
回首时光旅途
自己已是画中人

2020 年 10 月 18 日

七夕

（一）

翘首仰望星河
等待鹊桥相会的时刻
奶奶曾郑重耳语

葡萄架下能贴耳聆听牛郎织女悄悄话

一年轮回，漫长奢望
相思空泪流
仙界与凡俗万里之遥
写满有情悲情爱恨交加神话传奇

千古绝唱，一曲凄美悠长恋歌
匆匆，相聚又离别
月色黎明缝隙，闪现闪逝
五味杂陈的朦胧与叹息

（二）

今夜，玫瑰雨垂落
星河荡流久别暖意
天上人间泣动凝目
心潮穿越海角天涯

此时节令，秋风渐凉
此刻星海，燃烧爱的光芒
鹊群静默，为玉洁动容
人间贞爱，心房火焰传递暧昧与真情

洞穿一种灰色面具惺惺作态

浮华空间正忘情表演

花店的高雅如被光鲜笑容洗劫

粗糙扮相裸露亵渎劣性

今朝有欢今朝醉的逢场戏台折损忠爱真谛

爱神膜拜

回归一种根本和理性

古老的美丽演绎隆重纪念

成人之美、心心相印

唤起民族情感敬仰和憧憬

2021 年 8 月 11 日

| 隐入尘烟

沦陷悲悯寂苦

漫长镜头并不久远

爱憎与朴素

把即将铅封的烙印晒出来

境界坦诚

以尖锐对焦沧桑多情的土地

命运从黄土地里长出来
卑微尘埃或草芥
坎坷瑟缩生存
单薄脆弱随时被荒原沙漠掩埋吞没
无声无息，在冷漠风雨里挣扎
幸福快乐隐于卑微

土地里刨日子没有浮云虚影
憧憬与满足简约如只结零星花果的老梨树
一丝慰藉，檐下燕安居寒舍
家的温度，以忠诚
从骨子里掏出闪耀的灵魂
包括瘦瘠泥土一样寒酸朴实的爱情与婚姻

尘烟百年写照
岁月章节里
沧桑苦难与疼痛
演绎善良倔强坚韧与薄情
包括翻越禁锢叛逆贫穷出走
已发财富有匮乏血性刻薄寡义的缩影

命运不是命运本身

脚印隐入泥土隐入都市贵贱并非天性

不屈从命运的思维

变迁仪式里听到喊声

推倒穷房子,连同寡情冷漠一堵墙

把没有尊严的命运尘烟永久弃沉历史深海

2022 年 9 月 20 日

｜拾荒人

一夜风雪后

脱胎换骨的宁静

最先惊醒劲松路黎明的影子

一道断续弯曲的独轮车痕,匆匆行踪

跟着一位驼背拾荒人

路灯微光仍在渲染甜睡之夜

垃圾箱点布摆列成街衢经络末梢文明

躬身埋头频频晃动身影

一串娴熟手语

翻阅发掘城市遗弃的卑微财富

繁荣缝隙，将接近黑白胶片的剪影抽出来
远离故土炊烟的漂泊
如寄居游弋星辰沧海赶海人
相伴风霜雨雪，岁月重叠的脚印
为生存给养耕耘苦乐晨昏
能听懂一种净化灵魂的声音
丰实贫瘠风骨尊严冷暖朴素
掌心内外的命运
踩着风尘影子奔波
每一个人都是拾荒人

2022 年 11 月 18 日

┃解析心海

一个坐骑暮秋脊背的人
正在瞭望奔波赶路的雪花身影
前夜一场梦境

仍在穿越一座漂浮的岛屿

曾失意一个装扮光鲜的酒场
推杯问盏互动狼藉的记忆
看不透取悦或讥讽的笑语
波澜心海随时光心跳起伏

仍在猜测春天种植的珍珠园
能否在收获之前遭遇道听途说的台风
一座岛屿的心事襟怀山谷落叶情愫
不停撞击潮汐与骇浪的影子

翻读寒露晶莹的分量与高度
冷静击碎妄念与心悸
阳光不会跟随季节蛰伏
笃信海滩与山脊，雪花将如约绽放冬季

彻悟于心帆定向，不再彷徨
与浪尖风雨共舞觅寻凡尘坦然
清洗懦弱卑微，以阳光之勇
滋养青青之岛生机不息的根基

2020 年 10 月 21 日

散落的雁

秋风撩拨的章节
飘零诗韵
被落叶晕染成金黄
飞舞景象
渲染心灵归根的思绪

总思雁阵南飞北飞
春秋信使
漫长迁徙航迹
为什么总以浩荡深情叠影
留下一串归心似箭的"人"字

为生息奔命
栖宿千里异乡，风尘游子
像孤雁散落季岸旅途
都说聚散有时
问天问地问自己
到底能有多少时光重逢炊烟故土

世间写照,肩头扶摇儿女放飞羽翼

期冀牵盼,天各一方经营星月风雨

漂泊乡愁

用一串朴素虔诚的词滋养一条河流

包括辛劳安然孤独思念喜忧冷暖,连同

青丝白发悲欢离合宽容悔疚微笑眼泪

2022 年 11 月 2 日

| 闲置的根基

酝酿了十余年

一座高楼

没有矗立起傲视天空的影子

庞大的根基

空留巨坑容颜

接纳风尘雨雪

在繁华一隅沉默

心怀失落

闲置孤独为闭湾苍凉

芦苇生长野性繁茂

打破岁月沉寂

几对水鸟

甘做温馨家园天使

恩爱喜乐栖息守候

冬去春来

连同野生无忧的鱼儿

生动一汪浅薄碧水灵秀

触感眼泪的情节

事物随时过境迁而激动

正本清源

雪飘芦花飞

一阵鞭炮清脆

坚定破冰的脚步

久年懵懂

在初冬的清晨

解开艰辛创业的谜底

2020 年 5 月 18 日

| 尘归尘

站在菩提树下
看一枚枚枯叶蝶落
目送一季秋韵
相拥完美结局
悄然归隐泥土

常听闻又有人走了的消息
显贵与凡民
带着荣耀平淡卑微黯然
如一粒风尘宿归星河天宇
然后，无声无息

与雁阵孤鸿奔波春秋相似有别
命运因缘走向
诞生成长死亡相伴人间风雨
征程横渡
演绎常情愿景杂陈五味盛衰枯荣

尘归尘,土归土,寓性烟云修行
一条沧桑河流
生命之歌坦然于心迹
无愧无悔的境界
随遇而安,知足常乐,泰然处世

2022 年 11 月 2 日